こころのサプリ

みみずくの夜《ヨル》メールⅡ

五木寛之

幻冬舎文庫

こころのサプリ

みみずくの夜《ヨル》メールII

目次

こころのサプリ　みみずくの夜《ヨル》メールII

「ちょっとガム貸して」

貸したり借りたりすることを、異常に嫌う人がいる。お金の話ではない。ふだん使うものに関して、潔癖というか、神経質すぎるのである。

昔、といっても戦後しばらくたった昭和二十年代のことだが、子供たちはごく自然にモノを貸し借りしていた。

むこうから女の子が、ガムをクチャクチャ噛《か》みながらやってくる。仲間のひとりが、

「ガム、貸して」

と言う。

「うん」

と、その子は口のなかからとりだしたガムを友達に手渡す。借りたガムをしばらくクチャクチャやった子が、

「ありがと」

と、返す。返されたほうは、平然と再びそれを口に入れて噛みながら去っていく。べつにめずらしい光景ではなかった。

その話をしたら、

「きたなーい」

と、眉《まゆ》をひそめられた。

「嘘《うそ》でしょう」

と、笑う娘《こ》もいる。しかし、ガムの貸し借りなんぞ大したことではない。キスのほうが、よほど唾液《だえき》の交換率は高いだろう。あまり神経質に自他を区別しないほうがいいのである。

多様な免疫力《めんえきりょく》は、そんなゴチャゴチャの暮らしのなかから育つのだ。

大学生のころ、友人と一緒に暮らしていたことがあった。共にアルバイト学生

で貧しかったから、なんでも共用していた。タオルも、歯ブラシも同じものを使っていた。ときにはパンツを借りることもあった。

最近、東横線の電車に乗って、不思議なことに気づいた。若い男性や女性が、各自十センチほど間隔《かんかく》をあけてシートに座っているのだ。

どうやら体がくっつくのが嫌で、そうしているように見える。体格のいい中年婦人が、

「すみませーん」

とか言ってその間に割りこんだりすると、両脇《わき》の若い客が、体をずらして席をあけるのではなく、サッと立ってしまうのである。

他人と肌を接することに、よほど抵抗があるのだろうか。

「むかしの大学生は、よくデモとかしたんでしょう?」

と、先日、若い編集者にきかれた。

「うん。それほど政治に関心のない学生でも、デモぐらいしたさ」

「あれって、知らない人と腕を組んだりするんですよね」

「もちろん」

「いやだーァ」

「なにが？」

「だって」

眉をひそめる表情を見ていると、日本の将来も多難であるわい、と思われてくる。

最近、やたらと間隔をあけた贅沢《ぜいたく》な座席のホールが目立ってきた。地方都市に新しくできるホールに、この手の建物が多い。

シートが広いだけでなく、通路も前後の間隔も、十分以上に大きくとってある。ところによっては、両肘《ひじ》をのせる肘掛《ひじか》けまで左右についている応接間のような豪華ホールもある。

そういうホールは、満席になっても、どこか寒々としている。ステージの上から見ると、お客がパラパラッと少なく感じられるのだ。実際は満席なのに。

以前、ニューヨークのメトロポリタン歌劇場で、後から着席する客が通るたびに立ちあがって、見知らぬ客と膝《ひざ》や腰がぶつかり合った夜のことを、妙に懐かしく思いだす。

列島のツボに寺がある

各地の寺を回り歩く日々がつづいている。はたして百寺を巡り終えることができるのだろうか。

そうでなくとも毎日あわただしく暮らしている。そこにあらたに寺回りという旅がくわわった。

ひと月に四寺から五寺。かなりのハードスケジュールである。

春からスタートして、秋のはじめごろには、体重が三キロへった。

「痩《や》せましたね」

と、会う人ごとに言われると、なんとなく気になる。たしかに体は細くなったが、ふしぎと疲れは感じなかった。

それどころか、山寺の階段を若いスタッフに伍《ご》して、というか、彼らを追いこしてスタスタ登る。

けもの道のようなけわしい道を、走るように歩く。

なんだか自分が役行者《えんのぎょうじゃ》にでもなったような気分である。

まあ、いつバタッと倒れるかもしれないから大きなことは言えないが、なんだか体のすみずみまでエネルギーがあふれているような感じなのだ。

先日、永保寺《えいほうじ》を訪れたとき、夢窓国師《むそうこくし》が座禅を組んだといわれる山腹の岩に座った。

目の下を見おろすと、くらくらするような高い場所である。

じっと座っているうちに、奇妙な感覚におそわれた。座っている岩の下から、なにやらジンジンと波動が伝わってくるのである。

手で触ってみると、岩が温かい。何百年も前に、この場所で、この岩の上に偉い坊さんが座っていたのだ。そう思ううちに、こんどは頭のてっぺんから足先へ抜けていくつよい波動が感じられてくる。

体が前後左右に揺れはじめた。落っこちるのではないかと、思わず体が硬直した。

膝《ひざ》の下の岩から突きあげてくる波動と、頭上から降りてくる波動とが交錯して、体が電気コンロのニクロム線みたいに熱くなってくる。

こんな感覚を味わったのは、はじめてである。しかし、よく考えてみると、寺を回っているあいだに、奇妙なめまいにおそわれたことは、二度や三度ではない。

秋篠寺《あきしのでら》では白い木蓮《もくれん》の花が、目の前でいっせいに落ちた。それを見ていて、体がふらつくようなめまいをおぼえた。

三井寺《みいでら》ではゴボゴボと音をたてて湧《わ》きだす地下水を見ていて、体がふらふらした。あのときもジンジンと手足がしびれる感覚があった。

比叡山《ひえいざん》で、千日回峰行《せんにちかいほうぎょう》の行者さんがたどる山道を歩いていたら、突然、体がむずむずしてきて、じっとしていられなくなってきた。その辺に落ちている木の枝をひろい、杖《つえ》にして転がるように下り坂を駆けおりた。そのときも足もとから突きあげてくる波動と、天から降りてくるヴァイブレーションを感じたのだ。

東洋医学には経絡《けいらく》という考えかたがあるらしい。体内を走る国道のようなものだと勝手に考えているが、その経絡には数百のポイントがあるという。俗にツボと呼ぶ場所だ。

日本列島を人体にたとえると、そこを走る見えないラインがあり、そのツボにあたる場所に、古い寺や社《やしろ》があるのではないか。

その場所に身をおくと、なにか奇妙なエネルギーを実感する。それが何なのかは私にはわからない。ただ、不思議なことであるが、確実にそうなのだ。これはいったい、どういうことなのだろう。

オッパイは初夏でしょう

「俳句はおやりにならないんですか」

と、きかれることがある。

「そんな、とんでもない」

と、手をふるのだが、どこかにうしろめたい気持ちがある。

私たち戦争中に育った世代は、俳句の真似事《まねごと》を一度や二度は必ずやっているはずだ。父の仕事の関係で、子供のころは植民地で過ごした。当時は、ほとんどの日本人の家庭に『俳諧歳時記《はいかいさいじき》』があったものである。

いまでもブラジルなどで歳時記がよく売れるらしい。

外地に住めばなおさら、日本人であることを求める気持ちがあるのだろう。

歳時記は私の小学生のころの愛読書だった。俳句をあつかった小説を書いたこともある。自分のことで恐縮だが、『さかしまに』という変な題の中編である。

そのなかに新興俳句の話が出てくる。新興俳句は、満州事変がおきたころに始まった俳句の革新運動で、季題（季語）にとらわれないなど、いろんな新しい試みに挑戦した。しかし、いろんな複雑な事情がからんで、当局から弾圧を受け、西東三鬼《さいとうさんき》など何人もの俳人が公安警察に捕らえられた。

『さかしまに』のなかに灯痩《とうそう》という俳号をもつ人物が出てくる。

作者としては、彼がものするいくつかの句を、四苦八苦して、なんとかでっちあげなければならない。長い小説を書くより、一句をものするほうがよほど大変だと、よくわかった。それ以後、俳句を小説に使うのはやめにした。

しかし、実在の俳人が登場することもあって、私が勝手につくりあげた灯痩《とうそう》という俳人を、実際にいた人と勘ちがいする読者も、少なからずおられたようである。

「灯痩《とうそう》の句って、どこで調べれば読めるんですか」

と、研究論文を書く女子大生から詰問口調の電話がかかってきたりもした。

「あれは作り話です」

「えっ、ウソー」

「ホントにウソなんです。小説ですから」

「困るわ、そんなの。もうテーマは新興俳句と灯痩論《とうそう》にきめて、そう報告しちゃってるのに」

「困ると言われても——」

コマッチャウナー、である。

「新興俳句をおやりになるんだったら、仁智栄坊《にちえいぼう》あたりはどうです」

と、相手が若い女性だと親切になるのは、年のせいか。

「ニチエイボー?」

「ロシア語のニチェボーをもじった号なんですよ」

ニチェボーは、ロシア人がしょっちゅう使う文句である。英語なら、さしずめノープロブレムといった感じの言葉だ。

俳号にロシア語を使ったりする洒落《しゃれ》っ気が、当時の官憲にはわからない。ロシア語＝アカ、と、ストレートにつながって、新興俳句の運動は警戒された。灯痩《とうそう》は闘争《とうそう》のもじりである。事実、いろんな厭戦《えんせん》的な句をつくった人もいた。「軍橋もいま難民の荷にしなう」(平畑静塔《ひらはたせいとう》)。それらの人びとの仕事が、いま時代の遠景にかすんでしまっているのは残念だ。

私が俳句に距離をおいてきたのは、下手に近づくと吸いこまれてしまいそうで怖いからである。でも、やっぱり俳句はおもしろい。

ふつう俳句には季語というものがある。「踏み絵」は春の季語だと聞いたが本当だろうか。

「オッパイが先に出てくる街の角」

というシベリア抑留兵の句を、季題がないとけなした人がいたが、これは絶対に初夏の句だ。ロシアの女将校のブラウスのボタンが弾丸のように弾《はじ》け飛んだのを、私は見たことがある。あれは六月の晩だった。

手触りにある年の功

年をとるにしたがって、おとろえていくものがある。

しかし、その逆はないものだろうか。

経験、とか智慧《ちえ》とか、なにかありそうなものだ。

最近、これは年の功だな、と思うものをいくつかみつけて、うれしかった。

たとえば、月並みなことわざに感心すること。

若いころから耳になじんだことわざに、なーるほど、と心の底からうなずいたりする。こういうことは、昔はなかった。

「過ぎたるは及ばざるがごとし」

正しく引けば「過ぎたるは猶《なお》及ばざるが如《ごと》し」といったと思う。

昔はなんとも思わなかった文句である。その言葉に、青年時代はぜんぜん共感するところがなかった。

ところが六十歳を過ぎたころから、この文句の偉大さにつくづく感じ入ることが多くなった。そのことは前に書いた記憶がある。

たしか毛沢東《もうたくとう》の言葉だと思うが、こんな表現があった。

「物ごとはやり過ぎるくらいにやって、ちょうどいいところまでいくものだ」

正確ではないが、言わんとするところは、そういうことだ。

私は若いころ、この文句が大好きだった。

ちょうどいいところまでもっていこうとすると、えてして目標までとどかないことが多い。しまった、やりすぎたか、と思うくらいに大胆にいけ、ということだろう。

若くて勢いのある時期には、「過ぎたるは——」より、こちらのほうが魅力があった。いまは逆だ。

人生の後半になって、攻めより、守りに転じる弱気になったのかもしれない。

私は自分の健康のことは、できるだけ自分で面倒をみるつもりで生きてきた。いまももちろん、そうである。

たとえば、ものを食べるときには、よく嚙《か》む。徹底的に嚙んで、唾液《だえき》とまぜあわせて、それから飲みこむ。

ずっとそんなふうにつとめてきた。おかげで胃腸の調子が悪いという経験がない。

しかし、最近は考えかたが変わった。三度に二度は徹底的に嚙む。しかし、三度に一度は、嚙まずに飲みこむ。

週に五日は朝晩、歯をみがくが、土、日はみがかない。

若いころから頭は洗わない主義だったが、最近は一カ月に一回は洗うようにつとめている。

ふだん外食が多いので、食事が偏《かたよ》る。そこでビタミン剤とか、栄養補助食品（サプリメント）のたぐいを用いてきたが、これもとくに疲れを感じるときだけ用いるようにした。

要するに、なんでもやりすぎない、ということだ。昔はこういう態度を、手加減をする、といった。

頭でものごとを処することを、原理主義という。

頭に手がくわわると、ちょっと変わる。この、手、の感覚は、理屈ではない。直観、とでもいおうか。直観力は、頭にひらめくのではなく、手触りに宿るものなのかもしれない。

いろんなものを手で触ってみる。耳に触り、足に触り、腰骨に触り、みぞおちに触る。じつにいろんな感覚があり、日によってちがう。

自分の身のまわりのものを、片っぱしから触る。茶碗《ちゃわん》に触り、本に触り、リンゴに触り、犬のしっぽに触る。

昔は感じなかったいろんな感覚が指先から伝わってきて、じつにおもしろい。

若いころには、こういう楽しみはなかった。でも、満員電車には乗らないようにしなければ。

身の上相談いたしませう

むかし、といっても戦後のことだ。雑誌だったか新聞だったか忘れたが、身の上相談の欄にこんな投書がのっていた。

「父親がわたくしに、パンパンになって家計を助けろとしきりに言います。弟や妹のことを考えますと、親の言うことをきくべきかとも思いますが、やはり気がすすみません。どうしましょう」

パンパンといっても、若い人には通じないかもしれない。まあ、街娼《がいしょう》のようなもの、と言っておこう。この相談に、回答者がなんと答えたかは記憶にない。ただ、少年の私は、ひどく切実な感じでその投書を読んだ憶《おぼ》えがある。

「どうしましょう」

と、困った表情を想像すると、五十年前のニッポンの娘さんは、なんと純情だったんだろう、と妙に感動してしまうのだ。

先日、ちくま文庫の棚に『大正時代の身の上相談』という変わった一冊があったので買ってきた。

カタログハウス編、となっているが、大正時代の読売新聞に掲載された「身の上相談」の記事を抜粋《ばっすい》し、構成したもので、なんだか読んでいるあいだじゅう笑いがとまらない。回答する記者の文章にも、たくまざるおかしみが漂う。

あんまりおもしろかったので、そのなかの「虫が好かない新妻」（大正五年十一月二十七日）という相談と、それに対する記者氏の回答をそのままご紹介させていただく。

「私は、某私立大学の政治経済を卒業した二十三歳の青年です。

先月、叔父の媒介で、親族にあたる母ひとり娘ひとりの田舎の財産家へ、婿養子にまいりました。

その娘とは中学時代からたびたび会ったことがあるので性格はよく知っていま

したが、田舎ながら女学校を卒業しているにもかかわらず、いわゆる虫の好かぬ女でした。

しかし、実家の両親や親族がその結婚を熱望していたので、彼らの反感を恐れ、強制にまかせて納得したしだいです。

結婚後、私は実際に娘の欠点を見出《みいだ》し、彼女の一挙一動が癪《しゃく》の種となり、毎日不快な生活を送っています。

彼女の醜貌《しゅうぼう》と音声の悪濁、音楽の趣味が皆無な点は、ことに私の嫌悪するところで、そのため愛情を提供することが不可能なのです。

この場合、どうすれば社会的に満足を得ることができるでしょうか。

おしまいに、妻は非常に私を慕っていることを付言しておきます。（煩悶《はんもん》生）
▼お答え　あなたは、高等教育を受けたことに誇りをもっているようですが、何よりも大事な、品性に対しては何らの教養ももっていないのには驚かされるまでです。
いやな、虫の好かない娘だということは前々から承知していたけれど両親や親

族の手前をはばかって結婚した、とあなたは、それがまるで男子の意気でもあるかのように言っていますが、結婚という大事をそういう態度で扱うのは、第一は自身を辱《はずかし》め、第二は他人を辱めることで、これくらい不道徳で恥ずべきこともないでしょう。

そんなだから一カ月もたたないうちに、結婚にともなう責任を無視して、顔が醜いの、声が悪いの、音楽の趣味がないから嫌いだのと、遊蕩児《ゆうとうじ》が芸妓《げいぎ》にするような批評を新妻にくわえて、世間体さえ悪くなければ離縁しようと思っている。しかもそうできないのを煩悶と称して相談するようなことになるのです。

あなたは品性の上では幼稚園の生徒となって新しく修養をしなくてはなりません」

げにおもしろきは『大正時代の身の上相談』。西瓜《すいか》をかじりながら文庫本を手にして、やたらと免疫力《めんえきりょく》の向上した夏の日の午後であった。

みんな人格者だった

人格者、という言いかたを、最近あまりしなくなったようだ。

「あの人は人格者で――」

などと、昔はよく耳にしたものである。広辞苑をひいてみると、

【人格者】すぐれた人格の備わった人。

と、なんだかそっけない説明がされている。

「わかっとるやんけ、あほんだら!」

思わず勝新《かっしん》の口調になってしまいそうだ。そういうことを口走ってはいけない。辞書は尊敬すべきものである。ことに私たち物書きは、辞書なしでは生きてはいけない。

とはいうものの、どうしても知りたい言葉がのっていなかったり、あまりにも正当すぎる説明がされていたりすると、つい当たりちらしたくなってしまうのだ。

人格者というのは、たしかにすぐれた人格の持ち主だろう。礼儀正しく、温顔に笑みをたたえ、他人に優しく自己にきびしい人。

しかし、生まれたときから人は人格者たりうるのだろうか。ひょっとしたらその逆ではあるまいか、と私は思うことがある。

若いころ放蕩三昧《ほうとうざんまい》をしつくした極道者《ごくどうもの》が、晩年に人格者となるほうが多いのではないか。

人格者、とつぶやいて、すぐに顔が浮かぶ故人が何人かいらっしゃる。たくさんの賞を受けて、世間に尊敬されていた先輩作家もいらした。

そういう人格者が、ふとした瞬間に、ギラッと鋭い眼光をみせたりする。思い出話のなかに、おっ、とのけぞるような表現がはさまったりすることもある。

そういう人格者が私は好きだ。若いころは無法者で、晩年は人格者。

一九六〇年代の後半に新人作家として働きはじめた私は、幸か不幸か、晩年の作家たちと、ほんの一瞬だけ接する機会があった。

親子ほども年がはなれていたこともあっただろう。また地方から出てきた世間知らずの新人ということもあっただろう。文学全集の写真でしか知らない有名な作家たちは、私から見るとどの人も人格者のように感じられた。とてもフレンドリーに接してくれた記憶だけが残っているのだ。

富士正晴《まさはる》さんからは、戦後、ある京大教授からカツアゲした話を聞かされた。檀《だん》一雄さんはうまい魚を送ってくださった。川端康成《やすなり》さんとは、赤坂の絨毯《じゅうたん》バーに何度も出かけた。井上靖《やすし》さんからは関西のヤクザの仁義の切りかたをおそわった。新興キネマにいたころ、井上さんがつくった仁義の口上は、えらく人気があったらしい。

石川達三《たつぞう》さんは、私がダンスの真似《まね》をしてみせたとき、「ちがう。シャッフルというのは、こうやるんだよ」と訂正してみせてくれた。それは小粋《こいき》な身のこなしだった。

かつてのハルビンのキタイスカヤ街でのアバンチュールを目に見えるように話

してくれたのは田村泰次郎《たいじろう》さんだった。

埴谷雄高《はにやゆたか》さんは戦前のフランス映画の主題歌を、大声でうたって聞かせてくれた。晩年のヘンリー・ミラーは、私にピンポンで負けるとくやしがって、勝つまで試合をやめようとしなかった。

私から見ると、それらの先輩がたは、みんな人格者のように見えた。

私の解釈では、人格者というのは、若いころは無頼《ぶらい》の人生を送り、晩年に穏《おだ》やかになった人のことである。最初から最後まで人格者だった人物よりも、はるかに魅力を感じると言ったら叱《しか》られるだろうか。

汚い部屋は生きる力

部屋が片づかない。

あらゆるものが部屋じゅうに積み重なっている。着るものも、履くものも、保存すべき書類も、いらない紙類も、すべてが一緒くたに空間を占拠して、足の踏み場がない。

ベッドの上にも物がのっている。床もほとんど見えない。歩くときは爪先《つまさき》だって移動する。ちょっと肘《ひじ》が触れるとビデオテープやCDが音をたてて崩れてくる。

椅子《いす》の上も本の山で、この十年間、一度も座ったことがない。

どうして部屋は散らかるのか、となげいている人の文章を読んで、うらやましく思った。散らかる空間の余裕があるというのが大したものだ。

紙の袋が無数にある。中をのぞくと古い文房具がいろいろ入っている。接着剤各種に、三色ボールペン、両面テープや拡大鏡。なぜか古い電池が何十本もある。私は子供のころ、模型飛行機を作るのが大好きだった。その後遺症がいまだに残っていて、接着剤のたぐいを目にすると買わずにいられないのである。紙や布用、皮やプラスチック用、ガラス、金属用。新しい瞬間接着剤もあれば、古典的なのりのたぐいもある。

こういう紙袋が何十と蟠踞《ばんきょ》して、中国、桂林《けいりん》あたりの山水を彷彿《ほうふつ》させる光景である。

なんといっても、いちばん多いのが書類と資料だ。これを選別して、不要なものを捨てようと、日曜日いちにち努力したが、無駄だった。

一枚の書類や資料に、目を通すだけでも何十分もかかってしまう。捨てるべきか保存すべきか、決定するまでに日が暮れた。

超整理法とか、そのたぐいのハウツー本を何冊も買ったが、部屋が狭くなっただけだった。

一日にとどく郵便物が五十ほど。送られてくる雑誌と本が三十冊前後。一週間旅をして帰ってくると、二百冊以上の本や雑誌が足もとになだれのように滑落する始末。

外国の美術館で求めてきたポスター類が捨てられない。一九六八年の夏、パリ五月革命のさなかにフランソワ・ヴィヨンの店で買った靴が捨てられない。その時代は男もののシューズもハイヒールだった。それがおもしろいので残してあったのである。

古い靴下とブリーフが枕《まくら》の横に積み重なっている。両者の発する匂《にお》いがブレンドされて、えもいわれぬ香りが漂っている。

私は子供のころから、変わった匂いが好きだった。戦時中、ガソリン車の排気のあとを追いかけて走ったりしたものだ。新しい新聞のインクの匂いも悪くないが、古い靴の革底の匂いもいいものである。

そんなわけで、私は突然死だけは困るのである。こんな部屋を他人に見られるぐらいなら、死んだほうがまし――ではない、死ぬわけにはいかないのだ。

山寺の石段を登る途中で、ふと息苦しくなり脈が乱れたりする。徹夜明けにトイレでいきんだりすると、ふらっとしたりする。そんな際に、部屋のことを考えると、たちまちシャンとしてくるから不思議なものだ。あの部屋を片づけるまでは、死んでも死なないぞ、と思うのである。

この二十年あまり、救心という薬とニトロの貼《は》り薬を持ち歩いているが、一度も使ったことがない。心臓が苦しくなったら部屋の惨状を思い浮かべる。それで大体、なんとかなるものだ。汚い部屋は生きる力、なのであります。

ドバトは堂鳩どすえ

世の中にはいろんな人がいる。いろんな人がいるから世間はおもしろい。

ある女優さんが、対談のときに童謡の歌詞のことでえらく憤慨してらした。洒落《しゃれ》や冗談でなく、本気で怒っているところが妙におもしろかった。

「ポッポッポ、って唄《うた》、ご存じでしょ」

「汽車ポッポ、かな」

「ちがいます。ほら、豆やるぞ、とかいう童謡」

「なーんだ。ハトポッポの唄か」

「そう。その鳩《はと》の唄。あれって、すっごーく失礼な唄だと思いません？」

「失礼って、だれに？」

「鳩に対して」

「はあ？」

「だって、そうじゃありませんか。ポッポッポ、鳩ポッポ――」

「――豆がほしいか、そらやるぞ」

「そこ」

「どこ？」

「豆がほしいか、そら、やるぞ、だなんて。ふつう他人に対して、そんなものの言いかた、します？」

　どうやら本気で怒っている口調である。

「豆がほしいか、そら、やるぞ、とか言われたら誰だってムッとするのが当然でしょ。金がほしいか、そら、やるぞ、って言われたら、どうします？」

「いただきまーす」

「そうじゃなくって、プライドが傷つきません？」

「鳩のプライド？」

「べつに鳩じゃなくっても。わたしなら蹴《け》とばしてやるわ。そら、やるぞ、だなんて」

「ふーん」

言われてみれば一理あるような気がしないでもない。豆がほしいか、そらやるぞ、か。何度も口のなかでくり返していると、奇妙なことになんとなく鳩に失礼なような感じがしてきた。

「おまけに、食べにこい、だなんて。子供に教える歌詞じゃないわ」

まだ怒っている。こういう理屈はムチャクチャである。しかし、感覚としてはおもしろい。古典的な童謡の名作に対して、ぜんぜん遠慮がないところが貴重な気がする。

そういえば先日、伊勢の高田本山専修寺《たかだほんざんせんじゅじ》へいったとき、

「ドバトがいっぱいいるなあ」

と軽率《けいそつ》に言ったら、一緒にいたノンフィクション作家の黒岩比佐子《くろいわひさこ》さんに叱《しか》られた。

「イッキさん、ドバト、ドバトっておっしゃいますが、ほんとは堂鳩《どうばと》なんですよ」

「ん？」

「室町時代は塔鳩《とうばと》といいました。これが安土桃山のころになると堂鳩《どうばと》になります。神社仏閣に多く棲《す》むところからそう呼ばれたと思われます」

「ふーむ」

黒岩さんは物知りである。鳩に関しても文藝春秋から『伝書鳩　もうひとつのIT』という変わった本まで出している専門家だ。

『伝書鳩』を読むと、関東大震災のとき二千羽の伝書鳩が出勤して情報伝達にあたったことや、日中戦争で数万羽の軍用鳩が働いていたことなど、びっくりするようなことが山ほど書いてある。

私はドバトというのは、土鳩《どばと》という意味かと思っていた。ただ、「ド」という語感に、「ド阿呆《あほう》」とか「ド素人《しろうと》」とかいう、なんとなく失礼な感じは受けないでもなかった。

鳩といえば鳩羽鼠《はとばねずみ》という言葉がある。濃い紫色がかったグレーのことだ。利休鼠《りきゅうねずみ》というのはよく知られているが、こちらはあまり使われない。

しかし、こういう表現はネズミさんに対して失礼かも、などとつい思ってしまうところがおかしい。まあ、人間ってとかく偉そうなんですね。反省。

伊藤さん、路上歩行で屁

新しいモノの名前がなかなか頭に入らない。ことにカタカナの名称には、お手あげである。

新しい言葉が素直におぼえられないのは、古い記憶が頭のなかにつまりすぎているからだ。

それを放《ほう》りだして、空間をつくれば新語も収納することができるだろう。

しかし、古いものはなかなか捨てられないものである。ことに記憶に関してはそうだ。

忘れてしまうことができればどんなにいいだろうと思われる不要物が、頭の奥にしっかりこびりついていて、どうにもならない。

たとえばモールス信号の音。ト・ツー、がイである。ト・ツー・ト・ツーがロである。ツー・ト・ト・トがハである。

若い人にはなんのことやら見当がつかないだろう。私たち昭和の子供は、戦争の時代に育った。少国民などと呼ばれ、戦争のために役立つ教育をほどこされた。モールス信号も、その一つだった。まあ、昔のメールのようなものと思っていただきたい。

それを全部おぼえるのは大変だった。そこで妙な工夫を教えられた。ト・ツー、は伊藤《イトー》とおぼえる。イ・トーで、イだ。ロは路上歩行である。ハは、簡単だ。ハーモニカとおぼえる。ツー・ト・ト・トである。

いま考えてみると、なんとも妙なこじつけである。信号の長短を音引きにあてはめておぼえる。のちにそういうおぼえかたはよくない、と廃止されたらしい。

しかし、こんな記憶がびっしり頭につめこまれているというのは悲惨である。ノ、といえば、ト・ト・ツー・ツー。これは乃木《ノギ》東郷《トーゴー》、とおぼえた。ツ、がなぜかよく出てくる。都合《ツゴー》どーか、とは、変だがおもしろい。ト・ツー・ツー・トである。

へ、は、屁《へ》、だったような気がする。ト、と一つキーを叩《たた》けば、へ、だ。ト、は、特等席《トクトーセキ》。ト・ト・ツー・ト・ト。
リ、は、流行歌《リユーコーカ》。これは簡単。ツー・ツー・トである。ル、はえらく長い。ルール修正《シユーセー》す、とおぼえる。ツー・ト・ツー・ツー・ト。
戦後五十九年。

まだこんなものが頭のなかに残っているのだから、新しい言葉が入りにくいのは当然だ。なにやら錆《さび》ついた不発弾がいっぱいつまっているような感じ。

頭のなかだけではない。体にもしっかり刻みつけられて消えないものがたくさんある。

若いころ、宴席で何か芸をやれ、と強制されたことがあった。芸といわれても困ってしまう。仕方なく、立ちあがって手旗信号をやった。イ、ロ、ハ、ニ、ホ、へ、ト、と、順番に両手をふり回したが、これはまったくうけなかった。

手旗信号は、海洋少年団の訓練で体に叩きこまれた。まちがうと手旗の棒でコブができるほど殴られたものである。

頭も体も、柔らかいうちに刻みこまれたものは、一生残る。消そうと思ってもどうにもならない。せめて外国語でも叩きこまれていれば、いまになって役立ったものを。

軍人勅諭《ちょくゆ》、長ったらしく言えば「軍人に賜《たま》はりたる勅諭」というのを、いままでも全文暗記しているというのも奇妙な話だ。

実際に軍人経験のある人たちでも、五つの条文は言えても、全文を憶《おぼ》えている人は少ない。小学生時代に無理やりつめこまれたので、終生消えずに残っているのである。消去するという意味の、イレーズという言葉はおぼえたが、古い記憶をイレーズすることはできない。困ったものだ。

弱いからこそ気をつける

自分の体のことを、とても気づかっている。

なぜって、そうでしょうが。病院のお世話になりたくないからだ。

と、いって病院嫌い、医者嫌いというわけではない。世の中には健康自慢というタイプの人がいて、私はそういうのが大嫌いである。

なにかというと、病気知らずだの、医者知らずだのと自慢する。そして病院嫌いを公言し、健康診断を受けないことを誇りのように思っている。

そういう人は、いつかひどいしっぺ返しを食うだろう。世の中には病気だけじゃない。

テロもあれば、交通事故だってしょっちゅうおこっているのだ。

病院のお世話にならずに済んでいる人たちは、そのことを謙虚に感謝して生きるべきではあるまいか。

私は子供のころから、虚弱体質だった。よく腺病質《せんびょうしつ》という言いかたをされた。なにかというとすぐ扁桃腺《へんとうせん》がはれる。熱を出す。寝小便をする。あ、これは虚弱体質とは関係ないか。

とにかく体が強いと思ったことがなかった。いまでもそうだ。自分はひよわなタイプだと信じている。

大人になると、扁桃腺はあまりはれなくなった。そのかわり呼吸器系に変調を感じるようになった。

息を吸うのはできるが、吐くほうがうまくいかない。なんだか肺が古いゴムのように弾力を失ってしまっている感じがする。

地下鉄に乗ると息が苦しく、犬のように舌を出してゼーゼーあえぐ始末だ。

タバコを吸わないと、少し調子がいい。吸うと息が苦しい。仕方なくタバコをやめることにした。敗戦のときから、つまり十三歳から吸っていたタバコをやめるのは、辛《つら》かった。だが、息ができないよりもいい。

中年以降は、偏頭痛《へんずつう》で七転八倒した。痛みだけではない。高熱が出る。吐く。吐くものがなくなると、胃が痙攣《けいれん》する。トイレの便座を抱えて、朝まで蛙《かえる》のようにクワックワッと叫んでいたこともあった。

流行作家時代は、心臓がおかしかった。自分で狭心症の発作《ほっさ》だな、と判断してエビのように床に転がっていた。酒量が激減したのは、そのころからである。

中年を過ぎると、下血が続いた。ちょうど「週刊朝日」に雑文の連載をしていたころで、そのことを書いたら、新幹線のなかで会った中年のご婦人がハンカチで目を押さえながら、

「わたくし、高校生のころからの長い読者でございましたのに――」

と、おっしゃった。過去形で言われると気になるものである。

まあ、そんな具合で、年がら年中どこか体調がおかしい。自分は人一倍体が弱いのだ、と、いつも自分に言いきかせながら月日が過ぎた。

体が弱いと自分で思っているだけに、いろいろ工夫したり、注意したりする。

私はいわゆる西洋医学を尊敬している。クラシック音楽みたいなものだと思っている。一方で、ジャズや、ロックや、ラテン音楽も大好きである。と同時に、民謡、俗曲、浪曲、和讃《わさん》、ご詠歌《えいか》、演歌、歌謡曲、フォルクローレからファド、ロシア民謡なども同じように尊敬している。

だから、ごく自然に東洋医学も大事に考え、それなりの勉強を続けてきた。それだけではだめだと感じて、最近はアラブ、イスラム圏の医学の古典を読みはじめた。これが非常におもしろい。体が弱いというのも、悪いことだけじゃないな、とあらためて思う。

北陸の寺を回ってくたびれた

『百寺巡礼』シリーズの第二巻「北陸編」がようやく出た。

雪の残る室生寺《むろうじ》からスタートして、各地の寺を回る日がつづく。言うは易《やす》く行うは難《かた》し。百寺巡礼、いいですねえ、と簡単に引き受けたのだが、階段を登りながら、あと何寺で完走できるのだろう、と、ふと思う。考えただけでも気が遠くなりそうである。

大和《やまと》・奈良の十寺を回って、北陸へ転じたのが初夏の季節だった。

北陸は私の第二のふるさとといってもよい土地だ。

二十歳の夏、はじめて内灘《うちなだ》を訪れて以来、およそ五十年、いまも月に二、三回は北陸のホテルに泊まっているくらいである。

北陸の寺ならまかせといて頂戴《ちょうだい》、とタンカを切ったあとで、急に不安になってきた。これだけ日本海ぞいの土地を歩きながら、いざ寺となると意外にご縁がなかったことに気づいたのだ。

北陸の寺といえば、まず永平寺《えいへいじ》。これは何度か訪れて、様子はわかっている。吉崎の本願寺別院、こちらもまあ蓮如《れんにょ》さんの関係で通《かよ》った、なじみの寺だ。しかし私自身が提案し、スタッフと検討してきめた北陸十寺のリストを眺めて、大いに狼狽《ろうばい》した。

金沢の地元でありながら、大乗寺《だいじょうじ》はこれまで訪れたことのなかった寺ではないか。

すぐ裏手の野田山《のだやま》墓地へは、それこそ何度となく足を運んでいる。『朱鷺《とき》の墓』とか、『ステッセルのピアノ』などの作品を書く際にも、しばしば通った。日露戦争のときの、ロシア兵捕虜の墓もあるし、室生犀星《むろうさいせい》や鈴木大拙《だいせつ》の墓もあって、気持ちのいい散策コースだ。

それにもかかわらず、曹洞宗《そうとうしゅう》第二の本山ともいわれるすぐ近くの大乗寺が、私にとって未知の寺だったとは！

しかし、青葉若葉の初夏の光のなかを、はじめて訪れた大乗寺は、じつに趣《おもむき》のある寺だった。

寺としては、そう大きな規模ではない。しかし、その凜《りん》とした静かなたたずまいがいい。「伽藍瑞龍《がらんずいりゅう》　規矩大乗《きくだいじょう》」という言葉があるそうだ。雲水の修行に関しては、古くから定評のあった寺だそうだが、きびしいなかにも穏《おだ》やかさを感じさせるところが好きだった。

座禅堂でちょっと座らせていただいたが、頭のなかは雑念妄想のラッシュで、ミーン、ミーン、ミーンと蟬《せみ》のように鳴きだしそうになった。

一方の「伽藍瑞龍」の瑞龍寺《ずいりゅうじ》は、まさにその言葉どおり、息をのむ堂々たる寺だった。富山県の高岡市にあるこの寺の門をくぐって、アッと声に出して驚かぬ人はいないだろう。

「北陸にこんな寺が――」と、思わず口走って、地元の人からジロリとにらまれた。

富山では、井波《いなみ》の瑞泉寺《ずいせんじ》も、また忘れがたい寺だった。かつては一向一揆《いっこういっき》の寺内町《じないまち》だった一帯は、三千の町家を擁《よう》して栄えたという。いまは職人の町として独特のたたずまいをかもしだしている門前の通りが印象的だった。ここも凄《すご》い寺である。

長谷川等伯《とうはく》のふるさとの妙成寺《みょうじょうじ》。そして白山《はくさん》からユーラシアへの回路を感じさせる那谷寺《なたでら》。日本海文化圏の要《かなめ》でもあった若狭小浜《わかさおばま》の明通寺《みょうつうじ》。奈良の「お水取り」に水を送る神仏共存の寺、神宮寺《じんぐうじ》。そして奥能登《おくのと》に巨大な茅葺《かやぶ》き屋根を残す阿岸本誓寺《あぎしほんせいじ》。

北陸は寺の王国である、と、あらためて思った。

日本という国は、狭いようで広い。コンビニの数、およそ四万店。それに対して全国の寺の数は、約七万五千寺という。なんという興味ぶかい国だろうと、ため息の出る北陸の旅だった。

哀愁の柴又に風が吹く

柴又《しばまた》の帝釈天《たいしゃくてん》にいってきた。

柴又といえば、ごぞんじフーテンの寅《とら》さんのご当地である。京成電車の柴又駅前の広場に、寅さんの銅像がたっている。帽子に腹巻き、カバンをさげたおなじみのスタイルだ。

寅さんには、なんとなく同業意識があって、懐かしい気がする。こちとら九州の生まれだが、いまもボストンバッグひとつさげて、全国各地を歩きまわっている身だからだ。

寅さんは香具師《やし》である。タンカが商売道具である。

私も九州弁で講演やらパネルディスカッションなどと舌先三寸、世間の人の目をくらましながら生きている。お互い似たような生業《なりわい》だ。駅前の寅さんの顔には、なんとなく淋《さび》しさが感じられた。陽気で好人物の顔ではない。どこかしら一抹の哀愁が漂っているように思われた。

柴又駅は京成電車の高砂《たかさご》で乗りかえて、金町《かなまち》行きに乗る。学生のころ、京成電車にはずいぶんお世話になったものだ。

中山競馬場のちかくに住んでいたので、市川真間《まま》から電車に乗って、浅草へよく出かけた。集金袋のようなバッグをさげた老人に出会って、ああ、これが有名な荷風《かふう》先生かと思ったこともあった。

立石《たていし》の駅で降りるときは、悲しい気分だった。駅から田んぼの道を歩いて、製薬会社に血を売りにいくのである。

二〇〇cc抜いて、牛乳を一本もらって帰る。ときにはもう一度、行列に並んで、ダブルで抜くこともあった。そんなことを何度もやっていると、検査のときに若い看護婦さんから、

「ハイ、比重が足りません」

と、あっさり断られたりする。ああいうときほど切ない気分になることはない。柴又駅で寅さんの銅像を眺めながら、ふとそんな五十年も前の学生時代のことを思いだした。

葛飾《かつしか》区、足立区、荒川区、墨田区、そのあたり一帯は、私にとって懐かしい土地だ。

上京してすぐ業界紙の配達の仕事につき、その辺が最初の担当地区だった。早朝三時に起き、新聞の整理をして、順路帳を見ながら自転車を走らせる。かなり広い地区だから、早朝から配りはじめても、午後までかかることが多かった。迷路のような狭い道を抜け、川や煙突や低い家並みの続く町を駆けめぐった。

そのおかげで、このあたりの地理にはいまでもくわしい。

映画でおなじみの門前町を通り、山門の前へ出た。

俗に柴又帝釈天でとおっているこの寺は、経栄山題経寺《きょうえいざんだいきょうじ》というのが正式の名前だ。映画の場面で見るより、はるかに重厚で堂々とした寺である。

そもそも帝釈天は、インドのバラモン教の神話に出てくる勇ましい神さまだ。のちに仏教にとり入れられて、梵天《ぼんてん》と並ぶ仏法の二大守護神となった。日蓮聖人《にちれんしょうにん》みずからが彫ったと伝えられるご本尊は、めずらしい板本尊《いたほんぞん》である。お堂のまわりに、浅い木彫りの壁があった。井波の瑞泉寺の木彫も見事だったが、この帝釈堂の壁面にはびっくりした。江戸の職人も大したものだ。

寺から少しいけば、矢切《やぎり》の渡し。夕暮れどきの川風が冷たい。

帰りに名物の草だんごを食べ、寅さんが好物だったという揚げあられを土産に柴又を後にした。

そういえば、寅さんの姓は、車《くるま》といったな、と、ふと思った。江戸時代の車善七《くるまぜんしち》の名をなんとなく思いだしたのである。

三文文士の股旅道中

相変わらず旅から旅への日々が続いている。

昔はこういう暮らしを股旅《またたび》といった。もともとは博打《ばくち》うちや遊び人が、旅をして回ることの意である。広辞苑には、芸者が旅かせぎをして歩くこと、という解説ものっている。作者も芸者も、おなじ者《しゃ》のつく稼業に変わりはない。

「また旅ですか」

と、呆《あき》れ顔で言われて、

「そう。股旅」

自分では洒落《しゃれ》てるつもりだが、九州人の洒落は都《みやこ》では通じない。

「旅は股ずれ、世は情《なさ》け」

などと言っても、もちろん最近の若い人は笑ってくれない。そもそも、

「旅は道連れ、世は情け」

という古い文句がすたれてしまっているのだから仕方がない。

先週は甲府で「論楽会《ろんがく》」をやった。住友生命健康財団のサポートで、七年間つづいたシリーズである。「生きる」というテーマで、全国各地を旅して回った。もう四十回をはるかにこえているだろう。

このあと、下関《しものせき》と佐賀で同じ会をやって、七年間のシリーズが終わる。

甲府での会のゲストは日野皓正《てるまさ》さんと、山崎ハコさんだった。下関はピーコさんと月田《つきだ》秀子さん、佐賀は上妻宏光《あがつまひろみつ》さんと古謝《こじゃ》美佐子さんがゲストとして参加してくれることになっている。ピーコさんにはシャンソン歌手として登場していただくつもりだが、はたしてうたってくれるだろうか。

私は彼のシャンソンが大好きで、ことにゲンズブールの『プティ・パピエ』をとても上手にうたうのを聴いて感心したことがあった。

もともと石井好子さんと長いおつきあいのあった人だから、シャンソンの本質

のところがよくわかっているのだ。歌はやっぱり「歌ごころ」なんですねえ。

甲府での日野さんとのステージは、格別の盛りあがりようだった。どちらかといえばおとなしい甲府のお客さんが、大フィーバーしてたから、ひいき目に見ても上々のパフォーマンスだったと思う。

「結局、楽器を自分が吹くというより、なんか大きな目に見えない生命力をトランペットを通じて伝える、という感じですかねえ」

と、日野さんは口ごもりながら言った。

私どものような騙り部《かたべ》のセリフとちがって、音楽家の言葉には実感がある。無言でうなずくしかない。

こういう会のスタイルを私が「論楽会」として始めたのは、ずいぶん昔のことだ。

「論楽会」とは、私が勝手につくった言葉である。言葉と音楽を組み合わせた催し、という意味だ。

講演あり、対話とパフォーマンスあり、歌や演奏あり、といった五目チャーハン的なステージである。

「論」プラス「音楽」という意味でもあったし、また「論」を楽しむ会、という気持ちもこめて名づけたのだった。

最初の「論楽会」は、一九七九年の春、いまはなき渋谷のジアンジアンで開幕した。その晩のゲストは、岡本太郎さんと平岡正明さん。楽の部には長嶺《ながみね》ヤス子さんが登場して、サンバでフラメンコを踊った。

山崎ハコさんは、その年の夏の第二回の会に出演している。デビューまもないころだった。

その年から、サポートしてくれる主は変わりながらも、「論楽会」はずっと続いてきた。

今年でちょうど二十五年だ。ということは、おなじみのメンバーの上にも、二十五年の歳月が流れたことになる。

去年、今年と、金沢では県立音楽堂のホールで、年に五回の「論楽会」を催してきた。今年も十二月にもう一回おこなうことになっている。

手づくりのささやかな会だが、全国各地で草の根的にやってきたのが、四半世紀も続いている理由だろう。股旅者《またたびもの》としては、似合いの会だと思っているのだが。

目垢、手垢を大切に

「目垢《めあか》がつく」

という言葉を、先日はじめて聞いた。

美術、それも日本美術に趣味のあるかたがたには、めずらしい言葉ではないだろうが、私には初耳だった。たまたま貴重な名作を見せていただいたときに、所蔵者である先輩にこう言われたのだ。

「目垢がつくから、これまであまり人に見せたことはないんだけどね」

正確な意味はうまく説明できないが、言わんとするところは感じでわかった。深く蔵して人に秘す、ということを大事にするコレクターは、少なくないらしいが、ふうむ、そういうものか、と、わかったような、わからないような気分だった。

「手垢《てあか》のついた――」という表現がある。「手垢のついた文句」などとよく言うあれだ。月並みな、とか、常套《じょうとう》的な、とかいった意味で、もちろん悪口を言うときに使う。

しかし、私は手垢がつくほど使いこまれたモノや言葉こそ大切、とずっと考えてきた。手垢にまみれるというのは、それほど日常の役に立つということだろう。古い道具は手垢で黒光りしているではないか。

思いきり手垢のついた文章で、まったく新鮮なイメージを表現したいというのが新人作家時代の私のひそかな野心だった。

蓮如《れんにょ》は、

「名号《みょうごう》はかけ破れ、文章は読み破れ」

というような意味のことを言っている。実際に蓮如の筆になったと伝えられる書簡は、手垢や土で汚れて、ひどく傷《いた》んでいる場合が少なくない。そこが好きだ。

一日、畠《はたけ》をたがやして帰ってきた農民が、武骨な手でそれを開いて音読している姿が、まざまざと目に浮かぶ感じがする。

手垢、目垢がつかないように大事に秘蔵しておくというのは、私としては首をかしげるところがある、と言えば、さも偉そうに聞こえるかもしれない。

しかし、絵は見られてなんぼ、文章は読まれてなんぼのもの、という気持ちが私のなかにはあって、手垢、目垢を常に大切にしたいと思ってきたのだ。

ライブが私の大学だった

「世間が私の大学だった」

と書いたのはロシアの作家ゴーリキーである。

ちかごろでは、すっかり人気のなくなった小説家だが、私は好きだ。初期の短編小説や、晩年の回想記などは、とてもいい。

『どん底』という芝居の作者だと説明しても、最近は通じないことがある。

彼は少年のころから苦労して働いた。最底辺の労働者やルンペンのなかで暮らし、人間についていろいろ学んだ。『私の大学』という自伝的長編のなかで、ゴーリキーは、そのころのことを美しい文章で書いている。

彼が泥棒や、酔っぱらいや、娼婦《しょうふ》たちから聞いた話が、彼の授業だったし、また殴られたり、蹴《け》とばされたりすることが、彼の実技の学習でもあった。それらの日々を、彼は「私の大学」と呼んだのである。

ふり返ってみると、私自身も教室で学んだことはほとんど忘れてしまっている。尊敬する先輩たちの書かれた本は読んでも身につかず、たまたまご一緒に旅をしたり、飯を食ったり、車中で雑談として聞かされた話ばかりが記憶に残っているのだ。

こういう知識を、耳学問といって、なんとなくバカにする感じがある。しかし、仏教には「面授《めんじゅ》」という言葉があって、肉声を聞くことは大事にされてきた。

私がいろんなことを教えていただいた先輩がたは、ほとんど故人となられた。私より若い碩学《せきがく》の友も先に往《い》った人たちが多い。

横田瑞穂《みずほ》、林達夫、福永光司《みつじ》、中野好夫、富士正晴、橋本峰雄、高橋和巳、廣《ひろ》松渉《まつわたる》、五十嵐一《いがらしひとし》、色川武大《たけひろ》、竹中労《ろう》、千葉乗隆《ちばじょうりゅう》、そのほか数えきれない人びとが「私の大学」の先生だった。

いまでもお元気な民俗学者の沖浦和光《おきうらかずてる》先生は、若いころ野球の選手だったのだそうだ。ご一緒に瀬戸内や中国山地を旅したときには、その健脚ぶりに仰天させられた。

おいくつかは知らないが、私より速く石段をスイスイ登る、現在ただひとりのライバルといっていい。

加賀城《かがじょう》みゆきの古い歌がラジオから流れてくる因島《いんのしま》のおでん屋で、沖浦さんから村上水軍の歴史や、家船《えぶね》の人びとや、サンカの民などについてうかがったことは、ぜんぶ私の体に肉声の記憶として刻まれて、消えることがない。あれこそ「私の大学」であったし、一対一のゼミナールだった。

斑鳩《いかるが》の太田信隆《のぶたか》師から聞かされた話だが、民俗学者の宮本常一《つねいち》さんは、若いころ一時期、大和郡山《やまとこおりやま》の郡山中学の歴史の先生をされていたことがあったそうだ。

人気《ひとけ》のない駅のホームのベンチでくい入るように本を読みながら列車を待っていた宮本さんのうしろ姿が、いまもまぶたに残っているという。

私は一度だけ宮本さんと「道」について対談をさせていただいたことがあるが、読書家というより旅する人、というイメージがつよかった。宮本常一という学者が、とてもよく本を読む人であったと知って、宮本さんの書かれたものに少しちがった目で接するようになったのは、そんなちょっとしたエピソードのせいである。

人の話には記憶ちがいや、まちがいも多い。しかし、そのまちがいもまた、その人のなにかを語っているような気がする。

先日、講演のときに「鴨長明《かものちようめい》の『徒然草《つれづれぐさ》』――」と口をすべらせたら、たくさんのお叱《しか》りのハガキをいただいた。まあ、ライブというのは、そういうことがおもしろいのです。

元気で長生きしたいかたは、あまりそんなことは気になさいませんように。

泣き一揆と生兵の墓

このところ無闇《むやみ》と金沢へいくことが多い。

なんだかよくわからないが、ひと月に三、四回も訪れるときがある。

先日は地元のテレビ金沢の仕事で、市内の二つの山に登った。

山、といっても丘に毛がはえた程度の山である。しかし、この二つの山は、金沢という街にとって、すこぶる大事な場所であると私は思う。

金沢が二つの川の流れる街であることは、よく知られている。泉鏡花《いずみきょうか》の生家にちかい浅野川と、室生犀星《むろうさいせい》ゆかりの犀川《さいかわ》だ。浅野川にかかる天神橋をわたれば、もう目の前が卯辰山《うだつやま》。一方、犀川大橋をこえ、寺町を抜けてしばらくいくと、野《の》田山《だやま》にさしかかる。要するに金沢という街は、二つの川と、二つの山に抱《いだ》かれた街、と言ってもいいだろう。

これまで川の話はさんざんしてきたので、今回は二つの山について書いてみたい。

「期待して金沢にいったけど、意外につまらなかった」

と、いう声をよく聞く。ことに若い人に不人気なのが金沢だ。加賀百万石などといばっても、大河ドラマが終われば、あとは、うたた荒涼《こうりょう》。

金沢の思いがけない物語に光をあてることが大事なのだ。伝統とグルメだけを観光の目玉にする時代は、とっくに過ぎているのに。

さて、卯辰山の中腹には、七稲地蔵《なないねじぞう》という目立たないほこらがある。

江戸時代の末に、北信越を大地震、北陸を大飢饉《ききん》がおそった。庶民は日々の米にこと欠く。悪徳商人たちの買い占め売り惜しみが、米価高騰に拍車をかける。ついに食えない人びとは、婦人や子供たちもくわわって卯辰山に集結した。卯辰山からは浅野川をへだてて、加賀百万石のお城が真正面にそびえている。その方角へむけて、全員、必死で叫び声をあげた。

「米くれまいやー!」

「ひだるいわーい」

シュプレヒコールなどという景気のいい声ではない。ほとんど泣きながらの叫びであったらしい。

これを称して、

「泣き一揆《いっき》」

という。一揆といえば衆をたのんでの実力行使と相場がきまっているが、「泣き一揆」とはまことに文弱、いや文華《ぶんか》の都、金沢らしい集団行動ではないか。

しかし結果は無残だった。リーダー格の七人が藩に捕らえられ、斬首《ざんしゅ》、さらし首のうき目にあう。

七稲地蔵とは、その処刑された人びとへの思いをこめた七体の地蔵である。いまも夏には、地蔵の手に稲穂を持たせ、とむらいの行事が続いている。

一方、西の野田山は、名刹《めいさつ》、大乗寺《だいじょうじ》の裏手に、広大な墓地が中腹にひろがる山だ。

ここには戦没者墓地の一角に、息をのむような兵士の墓標が続く。ほとんどが二十代前半の若い兵隊たちの墓である。

そのなかに、「生兵」という文字が刻まれた墓標がいくつもあった。二十一、二歳の戦死者が多い。

「ショウヘイ？　それともナマヘイかな」

テレビ局のスタッフにきいても、よくわからない。あとで辞書をひいてみると、「生兵（セイヘイ）。まだ戦闘訓練を受けていない未熟な兵のこと」

一等卒や二等卒のあいだにまじって、「生兵」の文字が胸にこたえた。

野田山には、日露戦争のときのロシア兵捕虜の墓や、戦前の朝鮮独立運動家、ユン・ボンギルの記念の碑もある。不思議な山である。

イッキ流心身鍛練の術

人間には、世のため、人のためになることを何かしたい、という気持ちが誰にでもあるように思う。それは自然な心の働きなのではあるまいか。

そんな気持ちが私にもある。しかし、実際には何ひとつ人の役に立つようなことはしていないから情けない。もちろんボランティアのようなことも、一度もしたことがない。

そんな罰当たりの私だが、ひとつだけ良いことをしているという、ひそかな自負がある。それは何十年間もずっと健康保険料を払いながら、自分で健康保険を使ったことがほとんどないということだ。

そういえば、ずっと長く健康保険を使わないでいると、どこからか記念品のような、あまり役に立たない品物が送られてくるのをご存じだろうか。たぶん、あれは保険料だけ払って、ぜんぜん保険を利用しない加入者へのご褒美《ほうび》のようなものだろう。それにしても、もう少し気のきいたものを送ってくれないものか、などと生意気なことを言ってはいけない。

健康保険を使わずに暮らしてこられただけでも、本当はありがたいと感謝するべきである。誰だって保険を使うより使わずに生きていきたいにきまっている。そう思えば、どこか引き出しの奥にしまってある保険証に、手を合わせたい気持ちにもなってこようというものだ。

しかし、健康保険のお世話にならない、と決意すれば、自分の体の面倒は、自分でみなければならない。

というわけで、私は人の十倍も二十倍も自分の心身の調子に気をくばって生きてきた。いや、気をくばってきたつもりである。

たとえば、夜ふかしをする。いまでも毎日、朝の六時までは起きている。縄文時代の人びとは夜行性だったと誰かに聞いてからのことだ。

日がのぼると畠《はたけ》に出て働き、日が沈むと家に帰って寝るという庶民の暮らしは、律令制《りつりょうせい》で口分田《くぶんでん》がさだめられて以後のことだという話だが、あまり当てにはならない。私は古代人の暮らしを理想としているので、縄文時代の生きかたに学ぼうと考えているのだ。

一日に三食たべるようになったのは、江戸時代からで、平安時代も、鎌倉、室町時代も、一日二食がふつうだったと人に聞くと、たちまち朝食をやめる。

中世の人は、日記をその日につけず、後日つけるのがならわしだったと言われると、すぐにきょう締め切りの原稿を明日にのばす。

やたら清潔にこだわると免疫力《めんえきりょく》がおとろえると、多田富雄さんに言われて、手を洗うのをやめた。

頭も、もう二カ月シャンプーしていない。

二、三カ月ほうっておくと、表皮までツンドラのように固まってきて、フケはあまり落ちなくなってくるものだ。落ちても白いフケでなく、黒いフケなので、紺のブレザーなど着ていても目立たなくてすむ。

最近は呼吸法に凝《こ》っている。ラジオ体操の指導を見ていて、これはいかん、と思ったのだ。呼吸とは、吸ってから吐くのではなく、吐くほうが先。

ほら、出船入船《でふねいりふね》とかいうでしょう。出し入れとか、貸し借りとか、ギブ・アンド・テークとか、すべて出すほうが先で、入れるのが後。電車だって、客が降りてから乗るのが常識だ。

呼吸も字のごとく、吐いてから吸う。吸おうとしなくても、ぜんぶ吐きだせば自然に空気が流れこんでくる。

となると、使うだけ使えば、お金もどんどん入ってくると考えたいのだが、さて、どんなものでしょうね。

帰らざる河の流れに

小林千登勢《ちとせ》さんが亡くなられたことを知って、なにか心のなかにポッカリ穴があいたような気持ちになった。

小林さんとは、これまでとくにおつきあいはなかったし、仕事でお会いする機会もなかった。ただ、小林さんがお書きになった引き揚げの思い出話を読んで、びっくりしたことがある。小林さんがピョンヤンからの引き揚げ者でいらしたことを、そのときはじめて知ったのだ。テレビの画面で見る小林さんは、聡明《そうめい》で、明るい人柄を感じさせる女優さんだった。

その小林さんが幼いころ、言葉につくせないような苦労のすえに内地へ引き揚げてきた人だと知って、思わずため息をついたことを憶《おぼ》えている。

良寛《りょうかん》さんが書いた筆蹟《ひっせき》のなかに、こんな文句があった。

「君看双眼色
不語似無憂」

君《キミ》ミヨヤ　双眼《ソウガン》ノ色《イロ》　語《カタ》ラザレバ　憂《ウレ》イ無《ナ》キニ似《ニ》タリ、とでも読むのだろうか。

この「語ラザレバ」というところが、私は好きだ。

生前の小林さんには、なんとなくそんな「不語似無憂」といった気配があったと、いまさらのように思う。

小林さんは、私の母が教師として勤めていたことのある平壌《ピョンヤン》の山手小学校の生徒だったことがあるらしい。

私もその山手小学校の出身である。つまり、小林さんは私の小学校の後輩にあたるわけだ。

山手小学校は、きれいなレンガ建ての校舎で、校庭には大きなポプラの木がそびえていた。プールもあり、当時としては、すこぶるモダンな小学校だった記憶がある。

冬になると校庭にホースで水をまく。すると一夜にして広いスケートリンクができる。私はスケートが得意で、かわいい女の子がいると、目の前でわざと派手なコーナリングをやってみせたりしたものだった。

そんな下級生の女生徒たちのなかに、小林さんもいたのだろうか。それとも私が卒業したあとに入学してきたのだろうか。

私はその山手小学校を卒業すると、すぐ近くの平壌一中に入学した。その年に日本の敗戦を迎えたのである。

中学の同級生に、映画監督の藤田敏八《としや》さんがいたことを、あとで知った。藤田さんとは、一度会いましょうと人づてに連絡しながら、ついに会うことなく終わった。藤田さんが亡くなったときも、なんともいえない気持ちになったものだった。

会って昔の話をしようというわけではない。藤田さん、小林さん、共にひとつの時代を生きた人間同士として、お茶でも飲みながら世間ばなしでもしてみたかったのだ。

会おうと思えば会えたはずだが、なぜか進んでそうしなかったことの背後には、やはり触れたくない共通の体験がよこたわっていたからだろう。

先週、奈良で「論楽会」をやった。一緒に参加してくれた山崎ハコさんに、舞台の袖《そで》で、言われた。

「少し前に小林千登勢さんとお会いしたとき、五木さんと一度会ってお話がしたい、と言ってられました。こんど奈良でご一緒すると言ったら、小林千登勢が会いたがってたと伝えてね、と」

こんなふうにして、歴史を体験した人たちの記憶がひとつずつ消えていく。

小林さんは私と、どんな話をしたかったのだろうか。案外、最近のお天気の話などして、さらっと別れたんじゃないかと思う。

倶会《くえ》一処《いっしょ》。いずれお会いしましょう。

鶴田浩二が好きだった

最近読んだ本のなかで、『仏教が好き！』という一冊が、めちゃくちゃおもしろかった。

これは朝日新聞社から出ている本だから、ここでほめるのは、なんとなく気になる。だから、ほめない。ただ、おもしろかった、とだけ言う。

これは、まあ、一種の対談集である。ふつう対談集というと、肩の凝《こ》らない読み物を連想する。

私もこれまで、その手の雑談集を何冊も出してきた。

雑誌連載で「ぶっつけ対談」などというむちゃな企画をやったこともある。対談の時間の直前に、道で偶然に会った人を強引《ごういん》に連行したりする、すこぶる無責任な対談だった。阿佐田哲也《あさだてつや》さんとか、石岡瑛子《えいこ》さんなども、被害者のひとりだったはずだ。

その点、『仏教が好き！』は、題名こそカジュアルだが、そんないいかげんな雑談集ではない。なにしろ対談者が、河合隼雄《かわいはやお》さんと、中沢新一さんである。あ、の中沢さんと、あの河合先生であるからして、さしずめ巌流島《がんりゅうじま》の知の決闘だ。おもしろくないわけがない。

河合先生は、最初はじんわりと低い姿勢でにじり寄っていく。

「(前略) 本書はいわゆる対談の本ではない。私が生徒として、教師の中沢新一さんに教わっているのを記録したものである。(後略)」

河合先生にこう出られたんじゃ、ふつうのインテリは、いや、いや、なにをおっしゃいます、私なんぞはとてもとても——、などと手をふって照れてみせなきゃならんところだが、中沢さんはちがう。堂々と、おめずおくせず講義口調で話しはじめるのである。この辺が中沢新一という人のエライところだ。

やがて話がリズムに乗ってくると、その演奏をブレイクするように、ひょいと河合さんが短い合いの手を入れる。この間合いが絶妙なのだ。

こうしてこの対談は、はじめ処女のごとく、終わりは脱虎《だっこ》（ウサギじゃなくてトラです）のごとく、思想としての仏教を自由自在に論じつくし、最後は大日如来《だいにちにょらい》のため息、じゃなかった、吐息でしめくくられるという壮大な一冊となるのであります。

私はこの本を三晩かかって読んだ。ふだんはトイレに座って一気に三冊ぐらい読むこともある。しかし、一晩に読むには惜しいほどおもしろかったので、三晩にわけてちびちび楽しんだのだ。

しかし、なんですねえ。えらくやさしい口調で話をしているのに、中身は格別に高級であるところが、私にはおもしろかった。

要するにお二人は、ほんとのインテリなのである。インテリが話をすると、冷やし中華の話をしても、水虫の話をしても知的になる。インテリというのは、人のタチであって学歴ではない。中世の車借《しゃしゃく》、馬借《ばしゃく》（俥夫《くるまひき》、馬子《まご》）などにも、インテリはいたし、ハーバードを出てもアホはアホ。そしてその間に上等下等の差はない。人にはタイガースファンもいれば、ジャイアンツが好きなかたもいらっしゃる。それと同じようにインテリは成るのではなく、インテリに生まれるのだ。だから、この本は、やたらおもしろく、かなり難しい。

ところで、文中「迫害の歴史がない仏教」という小見出しは、ちょっと気になった。一見、平和な宗教に見える仏教も、やはりすさまじい迫害の歴史は山ほどあるように思う。

いや、ともあれ残暑のたのしみは、やはり活字にとどめをさす。そういえば、鶴田《つるた》浩二《こうじ》の『好きだった』という歌、好きだったなあ。

ヒャクデラ巡礼の夏

この年になっても、日本語がうまく使えない。物を書く職業のくせに、お恥ずかしい次第。

しかし、読んだり書いたりするやりかたには、法則があるはずだ。それをマスターすれば、完全な日本語が使えるようになるのだろうか。いや、そうとも思えない。

あまり文法にこだわっていては、生きた言葉の味わいが殺されてしまうような気もするからだ。

先日、関西で突然、知らない人から声をかけられた。

「ヒャクデラ巡礼、いつも見させてもろうてます」

一瞬、ピンとこなかったが、すぐに納得《なっとく》した。

「ありがとう。でも、あの番組は関西ではやってないでしょ」

「うちとこ、デジタルBSありますねん」

と、その人、ちょっと胸を張る感じがあった。

ヒャクデラ巡礼、とは、『百寺巡礼』のことだろう。なるほど、そういう読みかたもあるか、と、納得した。ヒャクジとふり仮名をつけなかったのが、不親切だったのかもしれない。

もちろん、ヒャクデラでべつに問題はないのだが、統一しておいたほうが何かと便利である。それだけの話だ。何をどう読もうとカラスの勝手。

とはいうものの、食堂で「冷たいヤツください」と言った大学生がいたという話には笑った。冷奴《ひややっこ》にもルビをふる時代だろうか。

北前船というのがある。かつて日本海側がこの国の表街道であった時代に活躍した廻船《かいせん》のことだ。

これをキタマエセンと呼ぶ人もいれば、キタマエブネと読む人もいる。私はキタマエブネと言っている。

理由はべつにない。頭の隅に、

〽波の谷間に命の花が　ふたつ並んで咲いている

という歌の文句がこびりついていて、星野哲郎さんのその詞のタイトルが『兄《きょう》弟船《だいぶね》』だからだ。これをキョウダイセンと読んでは歌にならない。

寺内町、というのがある。蓮如《れんにょ》の時代に、寺を核として成立した共同体の町だ。山科《やましな》や富田林《とんだばやし》など、かつての寺内町の系譜はいくらでもあるが、広く見れば大坂や金沢も寺内町の発展したかたちと言えるだろう。

私はこれをジナイマチと読んでいる。一般にはジナイチョウと呼ばれることが多い。

私がこれをマチと呼ぶのは、城下町と対比させる考えがあるからである。

城下町は、城を石垣でかこみ、さらに濠《ほり》をめぐらせ、町はその外側におく。

寺内町はその反対だ。真宗《しんしゅう》寺院の周囲に寺関係の人びとの住居ができ、やがて民家や、職人の仕事場や、商店などが集まって、町ができる。そして、その町全体を土塁《どるい》や濠でぐるっとかこみ、守りをかためる。夜間はいくつかの門を閉じて、ガードマンが警備にあたる。

町の外に耕地をもつ農民たちは、朝、開門すると鍬《くわ》をかついで出かけ、日が落ちると町にもどってくる場合もあったらしい。これが寺内町の原型だ。

内戦と凶作のあいつぐ中世に、念仏に帰依《きえ》する一向《いっこう》門徒たちは、そのような共同体をつくり、みずからの信仰と生活を守った。各地の寺内町のあいだには、流通や情報が地下茎《ちかけい》のようにつながって、守護や大名たちに対抗する巨大なネットワークが増殖してゆく。織田信長や諸国大名たちが一向衆を最も警戒したのは、この寺内町が全国に拡大することだったはずだ。

城下町はジョウカマチである。門前町はモンゼンマチである。それと対照的な町という感覚から、私は寺内町をジナイマチと読みたいのだ。

そんなわけで、ヒャクデラ巡礼でも、モモジ巡礼でも、一向にかまわないのであります。

転ぶときには転ぶがよし

今年の正月は札幌で過ごした。

大晦日《おおみそか》まで東京で働いて、元日の夜、北海道へ飛んだのである。

今年の札幌は雪が少ない。郊外に出ると雪景色が見られるが、札幌の中心部はほとんど路面が露出していた。

「一月にこんなに雪が降らないのはめずらしい」

と、地元の人が言っていた。残念、という口調ではなく、よろこんでいる感じである。

雪を見るためにわざわざ来ました、とは言いにくい雰囲気である。

雪の多い北陸に住んでいた経験があるので、その辺の感じはよくわかるのだ。

雪景色にうっとり見とれる、という気分は、地元住民の感覚ではない。

とはいうものの、高い飛行機代を払ってわざわざやってきたのだから、街に出てデパートめぐりをするのも癪《しゃく》だ。

深夜、人気《ひとけ》のない中島公園を歩く。この辺はしっかり雪が残っていて、園内の道路も白一色。

うっかりするとラバーソールが滑って転びそうになる。襟元からしんしんと夜の寒気がさしこんでくるが、なあに、それくらいのことで震えあがったりはしない。

子供のころ、ピョンヤンの冬を体験したことがあるので、へっちゃらである。

空に白い月がかかっていた。不思議なことに、その月の形が二重にダブって見える。片方ずつ目をつぶって見ると、一つである。両目をあけて見あげると、二つ重なって見える。

しばらく雪の公園に突っ立って考えているうちに、なるほど、と納得《なっとく》がいった。

要するに乱視の度がすすんできたということだろう。

五十代の半ばごろから軽い乱視があることに気づいていた。しかし眼鏡に度を入れて矯正するほどではない。度の入ったレンズは、なんとなく疲れるのだ。ずっとそのまま放《ほう》っておいたのだが、お月さまいくつ、二つか三つ、では唄《うた》にもならない。

横浜にもどったら乱視用の眼鏡をつくろうと、心にきめた。空には白い月が二つダブって冴《さ》え返っている。さすがに寒い。転ばぬように腰をゆるめて、そろそろ歩く。

俗に年をとっておとろえていく順番を、目、歯、ナントカというが、私に言わせると、「目、足、頭」だ。病気以外では、転ぶのがいちばんダメージが大きい。

重心を下げ、丹田《たんでん》に意識をおろし、体全体をゆるめてタコ、イカ状態で歩く。突っ張ってるから転ぶ。転ぶまいと逆に力を入れるから衝撃が生じる。

良寛《りょうかん》さんじゃないが、

「転ぶときには転ぶがよし」

という感じで歩くのがアイスバーン上を歩行するコツだろう。

昔、レーシング・チームをひきいて、マカオ・グランプリのワンメーク・レースに参加したほど、一時期、車に凝《こ》ったことがあった。

谷田部《やたべ》のテストコースで隣に徳大寺有恒《ありつね》さんを乗せて、無謀な速度でコーナーに突っこんだことがあった。車体がバランスを失いそうになるのを、なんとか立て直して脱出したのだが、あとで徳大寺さんは笑いながらこう言った。

「スピンしそうになったときには、無理にコジらないほうがいいです。車にまかせて、スピンしちゃったほうが安全かも」

もちろん、素人《しろうと》は、という意味を言外に匂《にお》わせながらのアドバイスだが、良寛さんも、徳大寺さんも、同じことを言ってるように思う。

夜空にかかる二つの月の下を、なんとか転ばずに雪の中島公園から生還した。

多ク叩ケバ体ニ良イ

私の父親は学校の教師だった。教育者というには、ちょっと気がひけるところがある。

敗戦後の数年間、闇屋《やみや》や焼酎《しょうちゅう》の密造などをやっていた時期があったからだ。

しかし、一応は師範学校を出た職業教師だった。敗戦のときは、ピョンヤンの師範学校の教官をつとめていた。

専門は国漢である。国語と漢文だ。そのおかげで私も幼いころから、やたらと文章の暗記をさせられた。

朝はまず『日本書紀』の朗読である。そのあと庭で木刀を持って切り返しを百回。切り返しというのは、要するに剣道の基本動作だ。

ヤーッと声を出して木刀を上段にかまえ、右、左、右、左、とはげしく相手の木刀と撃ち合わせる。最後は蹲踞《そんきょ》、木刀を左腰におさめ、一礼して終わる。父親は師範学校時代、剣道部の主将だったそうな。

それで解放されるわけではない。ひと汗ながしたあとは、詩吟《しぎん》の稽古《けいこ》。

「山川草木《さんせんそうもく》」とか、「鞭声粛々《べんせいしゆくしゆく》」とか、「去年今夜《きよねんのこんや》」とかは、小学校にあがる前に卒業していた。しかし、いまも頭に残っているのは、「虎は死して皮を残し、人は死して名を残す」だの、「頭を回《めぐ》らせばソーボーたり浪速《なにわ》の城」だの、「妻は病床に臥《ふ》し、児《こ》は飢えに泣く」だのといった詩文の切れはしばかり。

先日、テレビ局の偉いさんと話をしていて、大分の日田《ひた》の出身だと聞いたので、

「広瀬淡窓《ひろせたんそう》の地元ですね」

と言ったら、

「あれは親戚《しんせき》にあたる男でした」

と、淡々と応じられたので、びっくりした。思わず六十年前に父親からおそわった詩の一節が口をついて出てきた。

「君は川流《せんりゅう》を汲《く》め、我《われ》は薪《たきぎ》を拾わん」

よくご存じで、と言われて赤面した。その二行だけであとはすっかり忘れてしまっていたからだ。

なにしろ中国を相手に戦争をしている時代であるから、漢詩といっても和製漢詩が多かった。

残念ながら、やはり漢詩は、ご当地にはかなわない。それは当然だろう。しかし、いくつかはいい詩もあるのではないか。

むかし陳舜臣《ちんしゅんしん》さんにうかがった話だが、江戸から明治にかけて日本人のつくった漢詩を百編ほどみつくろって、中国の文人に見せた。

「いかがですか」

と、たずねたら、

「これと、これがいいですね」

と、二編を指したのだそうだ。それが広瀬淡窓と、乃木希典《のぎまれすけ》の作だったという。

どういうわけか、漢詩は節《ふし》をつけてうたうと、よくおぼえる。

「寂寞《せきばく》たる園林　夕日空《せきじつむな》し」とか、「海涯《かいがい》月黒く暗愁《あんしゅう》生ず」とか、すこぶる調子がいい。もちろん和風の訓《よ》みくだしである。私は漢和共存の文体が妙に好きなのだ。

台湾のゴルフ場のクラブハウスに、こんな対句《ついく》を書いた額がかかっていたと、知人が走り書きのメモを土産にくれた。

多打幾桿身體好
少打幾桿心情好

これを私流に訳すると、

「たくさん叩《たた》けば体によくて　スコアがよけりゃ気持ちがいいよ」

これを『スーダラ節』のメロディーでうたってごらんなさい。スコアがよかろうが悪かろうが、心情好。

「ドーダジーガンシンティーハオ、シャオダージーガンシンチンハオ」

と、大声で三回となえれば、すっきりすることうけあいです。これさすが本家漢文の効用。

誰《たれ》か先輩を思わざる

晩年の石坂洋次郎さんは、かなり大らかでいらした。

私の顔を見ると、

「やあ、五木ひろしくん」

とニッコリされる。

「五木寛之です」

と言うと、

「そう、そう、失礼、失礼。でも、彼は好青年だね。近所に引っ越してきたときには、ちゃんと引っ越し蕎麦《そば》を持って挨拶《あいさつ》にきた」

次に会うと、また、

「やあ、五木ひろしくん」

司馬遼太郎さんが、あるとき、笑いながら、

「こないだ石坂さんがぼくの顔を見て、きみの『青春の門』はおもしろいね、って」

「えっ、それで司馬さんはなんと――」

「仕方がないから、ありがとうございます、って言っておいた」

「すみませーん」

それ以後、司馬さんにはなんとなく頭があがらない感じがあった。

亡くなった先輩作家の思い出が、妙に人間くさいエピソードばかりなのはなぜだろう。

あるとき、井上靖《やすし》さんがちょっと口ごもるようにしてこう言われた。

「私は、小柳ルミ子のファンなんですが」

彼女が『わたしの城下町』をうたっていたころのことではなかったか。

「それは、それは」

「で、一度彼女の歌の詞を書いてみたいのですよ。あなたはレコード界の小説も書いておられるし、なにかつてはありませんか」

早速、大学の先輩で、当時いろいろ親しくしていた渡辺プロ社長の渡辺晋《しん》さんにその話をしたら、

「冗談でおっしゃったんでしょ。あの大先生がそんな」

と、笑いとばされてしまった。私はまんざら冗談でもなかったんじゃないかと思っている。

井上さんは若いころ、新興キネマに籍をおいて、街の与太者《よたもの》たちにも一目おかれていた時代がある人だ。文壇では紳士で通っていたが、芯《しん》にはかなりヤンチャな血が流れていた作家だった。

私はそんな井上さんを恰好《かっこう》いいと思っていたので、『孔子《こうし》』や『天平《てんぴょう》の甍《いらか》』よりも、『闘牛』とか『三ノ宮炎上』のほうがいまでも好きだ。

歌謡曲といえば、評論家の山本健吉さんも相当なものだった。山本さんの父君である石橋忍月《にんげつ》が、私と同郷ということもあって、会えばよく話をしてくださっ

た先輩である。その山本さんが「文學界」にのせた「明治漢詩雑記」という文章がある。そのなかに、酒の席で小林秀雄にこんなことを言われたと書いてあった。

山本さんたちが、漱石《そうせき》と乃木《のぎ》大将の漢詩のことを話題にしていたら、小林秀雄が横から突然こう言ったという話だ。

「お前、乃木を漱石なんかと一緒にするのか、山川草木転《うたた》荒涼《こうりょう》、なんて、乃木は詩人だぞ」

もちろんこれは、乃木のほうが漱石より上、という意味である。

後日、山本さんがこの話を編集者たちにしたら、意味を逆にとる者が多かったという。

以前、大連《だいれん》にいったとき、タクシーを飛ばして、その詩の舞台になった金州城外まで足をのばした。

ちょうど夕方で、古戦場の山の斜面に立つと、落日が赤々とあたりを染め、血の山のように見えた。

帰りのタクシーの中で小声で詩吟を口ずさんでいると、ガイド氏がなんの歌かときく。山川草木の詩をノートに書いて見せたら、「征馬不進人不語」と私が書いた文字を即座に「不前《すすまず》」とボールペンで直された。やっぱり本場である。

運転免許証の使いかた

退屈まぎれに机の引き出しを整理していたら、運転免許証が出てきた。この何年間か車のハンドルをにぎっていないので、部屋に置きっぱなしだったのだ。ゴールドの帯の上に、平成16年の誕生日まで有効、と書いてあるのに気づいた。

ん？　平成十六年といえば今年ではないか。前に更新したのが平成十一年だから、なるほど書きかえが必要な年である。

どうしようか、と、少し考えた。なんでも七十歳を過ぎると、いままでのように近所で簡単に更新することができないのだという。実技の講習もあるらしい。

昔、ポルシェに凝《こ》っていた時代があった。用事もないのに東京・大阪間を、ただ往復したりしていたのだからバカである。

最後のポルシェを手放すとき、七十歳を過ぎたらもう一度ポルシェに乗ろうと考えた。ガンメタのポルシェは銀髪のジジイに良く似合うだろう。

しかし実際に七十歳を過ぎると、自転車のほうがいいような気がしてきた。去年、奈良で飛鳥寺《あすかでら》へいったとき、田んぼ道をママチャリで走ったら、みんなから最高に良く似合うとほめられたのだ。

「免許証、どうしよう？　更新するのが面倒になってきた」

と、アシスタントのコムラくんに相談すると、

「やはりお持ちになっていたほうがいいんじゃないでしょうか。旅先でビデオ屋さんにいったときとか――」

そういえば旅先でビデオを借りたことが一度あったのを思いだした。ホテルのテレビにビデオの再生機がついていたからである。そのときは身元を証明するものを持っていなかったので、大枚の保証金をあずけて借りたのだ。

私はなぜかパスポートだけは常時持ち歩いているのだが、貸しビデオ屋さんで

旅券を出すというのも、なんだかなあ。

そうだ、健康保険証というのがあったはずだと、保険証をさがす。

ようやくカード式の保険証がみつかった。するとこれも有効期限が平成十六年の三月末となっている。どうやら一年ごとに更新されるカードらしい。

「一部負担金の場合　三割」

と、印刷されている。なるほど。

十年つかえる保険証を出さない理由が、なんとなくわかったような気がした。いつか三割が、四割、五割になったりしたとき、訂正が大変だからなんじゃないのか。

もちろん、本当の理由は別にあるのだろうが、そんなことを勘ぐりたくなるような油断もスキもならない時代なのだ。

ところで、最近、私が車を運転しなくなったのには理由がある。

動体視力がむかしにくらべて、はなはだしく低下していることに気づいたからである。

たとえば新幹線で、ひかりやのぞみに乗る。いろんな駅をパスする際に、以前は駅のホームに掲示してある駅名の文字が、一瞬、ピントが合うように車内からはっきり読みとれたものだった。

東海道新幹線だと、静岡を過ぎて、掛川《かけがわ》、浜松、豊橋、三河安城《みかわあんじょう》とつづく。なぜかいまでも三河安城は読めるのだが、あとは視線が流れて、文字がはっきり確認できない。

反射神経や運転能力も、同じようにおとろえているのだろうと思うと、憮然《ぶぜん》とする。

やっぱり自転車ですかね。それとも八十になったら、もう一度、ポルシェに乗るか。人生、古希を過ぎても迷いはつきない。

春眠、締め切りをおぼえず

この一カ月ほど寝つきが悪くて困っていた。

ふつうなら午前五時ごろ仕事を終わって、六時には安らかな眠りに入っている。それが何十年と続いた私の生活のリズムだった。

それがなぜか六時を過ぎても眠りが訪れてこない。仕方がないので手近にある本を読みだす。

するとこれが面白くてやめられない。七時が八時になり、八時が九時になって、ひどいときには十時を過ぎても目覚めている。

しかも、やっと眠ったと思うと、一、二時間で目が覚めてしまうのだ。

そんな日々がずっと続いて、さすがにふらふらになってきた。

理由はわかっている。仕事の約束が山積みになっていて、少しもはかどらないからである。

大きな借金を抱えて逃げ回っている人というのは、たぶんこんな具合だろう。もちろん年齢のせいもあるはずだ。年をとると眠りが浅くなるのは、自然のことである。

睡眠薬やアルコールなどもためしてみたが、ほとんど効《き》かない。精神安定剤ぐらいで穏《おだ》やかになるようなヤワな神経では、作家稼業などつとまりっこないのである。

仕方がないから、居直ることにした。

原稿が間に合おうが間に合うまいが、これみな他力《たりき》のしからしむるところと、覚悟をきめたのだ。

他力の風ふけば、おのずから原稿は成る。たとえ締め切りに間に合わずとも、いつかはなるべきようになるだろう。

あとはひたすら他力を信じて念仏するのみ。

ナムアミダブツ。

そう心にきめた日から、突然、眠りが訪れてきた。午前五時どころか、三時には大きなアクビが出る有り様。途中で目が覚めることもない。夢も見ずに、ただひたすら眠る。

冷静に考えると、これは一種の現実逃避の反応にちがいない。たぶん、眠ることで締め切りのプレッシャーを忘れようとしているのではあるまいか。

眠れないのもプレッシャー。やたら眠るのもプレッシャー。どうせプレッシャーなら眠らなきゃ損、損。

と、いうわけで、すっかり生活のリズムが変わってしまった。

午前三時に眠れば、いやでも昼前には目が覚める。

何十年ぶりかで午前中起床のペースになってみると、いや、日中の時間のあること、あること。

爪《つめ》を切ったり、髪を洗ったり、服のボタンつけをしたり、電気カミソリの分解掃除をしたり、なんでもできるのだ。

しかし、問題は原稿である。昼間に机にむかって字を書くという習慣がないので、一枚も書けない。

ようやく夜のとばりが落ち、ミネルヴァのふくろうの飛ぶ時間になると、とたんに大きなアクビが出るのだ。

夜よカム・バック・ツー・ミー、と念ずるまもなく睡魔がおそってくる。白い原稿用紙をそのままに、ベッドの呼ぶ声に引きよせられてバタンキュー。

さて、この結果がどうなるのかは、私には全然わからない。すべて他力のしからしむるところである。

他力という言葉を、こんなふうに安易に使うと、あちこちから大目玉をくらうこと必定《ひつじょう》だ。

しかし、できないものはできない。できないと思っても、できるときにはできる。そう思いながら四十年ちかくやってきた。たぶん、なんとかなるだろう。

などと考えながら、すでに午前三時。シーツの海が呼んでいる。いざ、春眠。

メロンパンも、好きなのだ

このところ妙に身辺がさわがしい。

なんだか知らないが、やたらとメロンパン、メロンパンとうるさいのである。

どうやら「ブロードキャスター」というテレビ番組で、メロンパンがとりあげられ、そこで私の古い雑文が紹介されたせいらしい。

新聞や雑誌から電話がくる。必死の思いで出ると、

「メロンパンについてのコメントを――」

「それどころじゃないんです。締め切りが重なって死にかけてるんだから」

「でも、メロンパンお好きなんでしょう？」

「メロンパンが、じゃなくて、メロンパンも、なんです。いまは橡餅《とちもち》が――」

「わかりました。やっぱりお好きなんですね。ありがとうございました」

電話が切れたあと、受話器をにぎって呆然《ぼうぜん》としている。

「が」と「も」のちがいを、どう説明すればいいのか。

私がメロンパンについてたわいない文章を書いたのは、もう何十年も前のことだと思う。

それがなぜか読者の琴線《きんせん》に触れたらしく、しばらくはメロンパンの差し入れがあいついだものだった。ときにはボストンバッグいっぱいのメロンパンを抱えて旅先から帰ることもあった。

私がそのころメロンパンに肩入れしたのは、なににつけ、本格、という感じのものに反発していたせいかもしれない。

たとえば本格的なアメリカのジャズに対して、なんとなく軽く見られがちだったヨーロッパのジャズを熱心に聴いたり、外車ならシムカについて書いたり、というのと同じようなスタンスだろう。

これぞ正統派あんパン、などといわれると、メロンパンの怪しさについ寄りそってしまう、といった具合だったのだ。

メロンパンのどこが怪しいか。まず、あの薬品くさいにおいが怪しい。それに、表面のカサブタのような感触が怪しい。

私は子供のころ、傷のあとにできるカサブタが大好きだった。こんもり盛りあがった赤黒いカサブタをペリッとはがす瞬間を思うと、胸がふるえた。

毎日、固くなっていくカサブタを指先でなでて、はがす日を舌なめずりしながら待ったものである。

早くはがすと、血が出て痛い。ちょうどはがしごろというタイミングがあるのだ。時間がたちすぎると自然剥離《はくり》して、おもしろくもなんともない。

ほんのちょっとピリッと痛みが走るくらいが旬《しゅん》である。下の皮膚が青白いところがまたいい。

メロンパンの表面のガサガサは、その感じがあって好きだったのである。いきなり食べずに、ひととおり表面のガサガサをはがしてから本体にとりかかるのが私の流儀。

最近、透明なパックに入ったメロンパンが多い。あれは表面がじとーっと湿っていて、苦手である。

昨年、郷里の八女《やめ》にいった。全国茶サミットとかいう変わった催しがあって、「茶と日本人の心」という、これまた怪しげな基調講演をした。

その会場でごちそうになった「しずく茶」というのもうまかったが、若い子が差し入れてくれたメロンパンが、これまたなかなかのものだった。

「きっとイツキさんも気に入ってくれると思います。八女で一番おいしいメロンパンです」

と紙袋にそえられた手紙に書いてあった。八女茶、負けそー。

くり返しておくが、私はメロンパンも好きなのだ。太宰府《だざいふ》の梅ヶ枝餅《うめがえもち》なんてのも悪くないですよ。念のため。

春は京都の論楽会

ひさびさに京都で「論楽会」をやることになった。

京都は懐かしい場所である。むかし京都に住んでいたころ、部屋からホールの屋根がよく見えた。

最初はその屋根の傾斜が妙に気になっていたのだが、やがて納得《なっとく》した。屋根ごしに見える東山の稜線《りょうせん》と重なるようにデザインされていることに気づいたからである。

春はすぐ目の下の疎水《そすい》の岸に桜が咲き、京都会館の屋根のかなたに都ホテルの建物が空に浮かんでいるように眺められたものだ。

すぐ近くの武道センターは、その当時京都芸大の音楽学部が使っていたので、チェロやバイオリンの音が風に乗って流れてきたりした。

双眼鏡で見ると、京都会館の看板が読める。その日の演目をたしかめて電話をかけ、第二部だけのぞきにいくこともあった。ふだん着で、下駄《げた》ばきである。帰りには「YAMATOYA」でコーヒーを飲み、ジャズを聴いて部屋へもどる。


二十年ちょっと前の話だが、あのころが私の第二の青春時代だったのかも。

やがて疏水の前には新しい建物がたち、音楽学部も引っ越して、チェロの音は竹刀《しない》の音に変わった。しかし平安神宮と京都会館は、むかしのままである。

その京都会館で「論楽会」をやることになろうとは。

もう何十年も、くり返し各地でやってきた。自分がおもしろいと思ったものをわがままに取りあげてきただけだが、ふり返ってみると時代ごとの息吹《いぶき》が感じられるような気がしないではない。

スポンサーつきの会もあり、手弁当の催しもあった。変わらないのは、私がワンマンで仕切ってきた気ままな会ということである。岡本太郎さん、色川武大《たけひろ》さん、半村良《はんむらりょう》さん、などいまは故人となったゲストも少なくない。

昨年は金沢、東京など、十数回のステージをやったので大変だった。長嶺《ながみね》ヤス子さん、山崎ハコさん、古謝《こじゃ》美佐子さん、月田《つきだ》秀子さん、など常連のゲストはますます元気である。最近、津軽三味線の上妻宏光《あがつまひろみつ》さん、ダンカン・ダンスのメアリー佐野さん、ジャズの日野皓正《てるまさ》さんなど、参加してくれるアーティストの幅もひろがってきた。

こんどの京都の「論楽会」は、第一部が私の閑談、第二部が東儀《とうぎ》秀樹さんとの対話とパフォーマンス、第三部が古謝美佐子さんほかの歌、という構成である。ほか、というのは、お楽しみコーナーで、当日までわからない。

東儀さんとは前にもご一緒したことがあった。ロックのセンスと雅楽のソウルが混然と一体になった感じの好青年である。前のときは『I am with you』という曲を篳篥《ひちりき》で演奏してくれて、これにはしびれた。

最近よく聞く『童神《わらびがみ》』という歌は、古謝さんが「論楽会」ではじめて披露した懐かしいオリジナルである。七年間ずっと「論楽会」でうたい続けてきて最近ようやく人に知られるようになった。京都会館では、どんな歌が聞けるのか楽しみだ。

雪のなかの暁烏敏文庫

テレビ金沢の仕事で金沢大学を訪れた。

金沢大学は、昔は金沢城の城内にあった。兼六園《けんろくえん》に隣接し、香林坊《こうりんぼう》の繁華街にも近い結構な場所だったが、いまは浅野川の上流の静かな田園地帯に移っている。大学の校舎は未来都市を思わせるものだが、周囲が淋《さび》しい。まことに教育的な雰囲気である。校門の前に、麻雀屋《マージャンや》もラーメン屋もない大学なんて大丈夫なんだろうか、などとバカな心配をしてしまった。いや、学究的で、真面目《まじめ》な学生さんにはいい環境である。

私が柄にもなく大学を訪問したのは、図書館のなかにある「暁烏敏文庫《あけがらすはや》」(「暁《あけ》烏《がらす》文庫」)を拝見するためである。

アケガラスハヤ、といっても最近の人にはなじみのない名前だろう。暁烏敏は明治に生まれ、昭和の二十年代まで真宗大谷派（東本願寺）の僧として活躍した人である。石川県の出身で、毀誉褒貶《きよほうへん》ありつつも清沢満之《きよざわまんし》門下の北陸の三羽烏《さんばがらす》のひとりとうたわれた。

あとの二人は藤原鉄乗《てつじょう》、高光大船《たかみつだいせん》だが、暁烏ほど一般に知られてはいない。

この暁烏敏の『歎異抄講話《たんにしょう》』には、当時熱狂的な読者が多かった。著作もそうだが、ご本人もすこぶる熱っぽい人物であったようである。お布施《ふせ》の受けとりかたが日本一見事だった、などというゴシップもある。戦後、真宗大谷派の宗務総長もつとめた。

二十八巻にもおよぶ立派な著作集が刊行されているくらいだから、一般にも相当多くの読者をもっていた人だと思うのだが、広辞苑には名前がない。

晩年、その蔵書五万冊あまりが金沢大学に寄贈されて、暁烏文庫が誕生した。私は金沢にいたころ、ちょくちょく城内の金大図書室へもぐりこんで、その文庫を利用させてもらったものだ。

親鸞《しんらん》や蓮如《れんによ》のことに関心をもつようになったのも、その蔵書のおかげである。

こんど四十年ぶりに訪れた図書館は、モダンな近代建築で、地下の書庫もオートメーション化された立派なものだった。

暁烏文庫を眺めているうちに、懐かしい全集にめぐりあった。戦前の改造社版の「ゴーリキイ全集」である。灰色の装幀《そうてい》のこの全集は、アルバイト学生時代、早稲田鶴巻町《つるまきちょう》あたりの古本屋で一冊ずつバラバラに買い集めて揃《そろ》えた苦心のマイ全集だった。

そのなかの『私の大学』という自伝的な長編が私は大好きだった。ちかごろ人気のないゴーリキーだが、初期の短編と自伝、それに晩年の回想記はとてもいいと思う。

それこそ半世紀ぶりで『私の大学』を手にとってページをめくる。蔵原惟人《くらはらこれひと》訳の古風な文章だ。冒頭の文句を、いまでも暗記していたのがうれしかった。

暁烏文庫には、そのほかにもチェーホフとか、ドストエフスキーとか、ロシア文学関係の本がかなり揃っている。真宗のお坊さんがロシア文学というのもおもしろいが、暁烏敏は若いころ外交官を志願し、東京外国語学校（現在の東京外国語大学）でロシア語を学んだことがあるらしい。

別室で彼の学生時代のノートを見せてもらった。木曜——長谷川氏、と講師の名前が書いてある。もしやと思って大学の先生にうかがってみたら、やはり二葉《ふたば》亭四迷《ていしめい》のロシア語授業のことだった。

古い白隠禅師《はくいんぜんじ》の和とじ本、『遠羅天釜《おらてがま》』に暁烏自身の書きこみが入っているものもあって、興味津々。

図書館を出ると、あたりは一面の雪である。雪のなかの大学というのも悪くないな、とふと思った。

もう一度、図書館に通《かよ》うような生活はもどってこないものだろうか。

山のお寺は膝が鳴る

最近、石段に目がない。長い石段や急な石段を見ると、年甲斐《としがい》もなく心がときめくのである。

近づいていって、下のほうからためつすがめつしながら吟味する。段数、角度、素材、年代などをたしかめつつ、ときには手で触ったりもする。

私がそんなふうに石段に惹《ひ》かれるようになったのは、去年の春、大和《やまと》の室生寺《むろうじ》を訪れたときからだ。鎧坂《よろいざか》という美しい階段を眺めているときに発病したらしい。自然石をゆったりとしきつめたその石段は、息をのむほど美しかった。この上に雪がうっすらとつもったらどんなに見事だろうと想像した。

室生寺には、鎧坂をひっくるめて数多くの石段がある。奥の院まで登るとなると大変だ。仲間の若い衆に、石段の段を数えてくれるように頼んだのは、ガイドブックの数字がどれも異なっていたからである。お寺の関係者にたずねても、それぞれ少しずつちがう。

「七百段でした」

と、若い衆が息を切らせて知らせてくれた。入り口の仁王門の手前にちょっとした石段がある。それを数えると、また少しちがってくる。しかし、門をくぐってからの数にしようと私がきめたのだ。

奥の院まで七百段。

それも微妙な数字らしい。カーブしながら左右で変形している段がある。一段とカウントするか、二段と数えるか、難しい場所もあるという。その辺を良識的に判断して、奥の院までおよそ七百段。

これを一気に登ると、息がきれる。膝《ひざ》が笑う。しかし、その日、私はなぜか憑《つ》かれたように石段を登りおりした。最後には脚が自分の脚でないような感じになった。

三往復したから、七百段×6。四千二百段の石段とつきあったことになる。

これでそれからの私の人生が狂ったと言っていい。寺を回る旅の途中で、これという石段を見ると、体がムズムズしてくる。脚が勝手に登りはじめる。そうなると抑制がきかない。石段病もかなり重症だ。

石塔寺《いしどうじ》という近江《おうみ》の寺へいった。全山、石という不思議な寺である。ここの石段は、話に聞いていたほど大変ではなかった。登り終えたあとに開ける石の世界はなかなかのものだが、階段そのものは、それほど厄介ではない。

京都の神護寺《じんごじ》の石段は立派だった。雨の日だったから、濡《ぬ》れた石の風情《ふぜい》がとてもよかった。

室生寺以来、手ごたえがあったのは、身延山久遠寺《みのぶさんくおんじ》の石段だ。これは凄《すご》い。目の前に昔の勝鬨《かちどき》橋があがったような巨大な石段が急傾斜でそそり立っている。

「おやめになったほうがよろしいんじゃないでしょうか」

と、皆が制止するのもきかずに、吸いよせられるように登りはじめた。二、三段登って、すぐに、おや、と思った。一段の高さがふつうでない。手ごたえ、いや、抜群に足ごたえのある逞《たくま》しい石段なのだ。

この石段、計二百八十七段と事前に聞いていた。室生寺の七百段にくらべればちょろいと甘く見たのが間違いのもとである。途中で心臓が爆発しそうになる。膝は脱力して、一段ごとに手で持ちあげる始末。もう死ぬかと思った。やはり年には勝てない。

段数はともかく、手ごわさではここがナンバーワンだろう。今年の正月には何人かの参拝客が救急車で運ばれたらしい。

「あとに立石寺《りっしゃくじ》がひかえてますから、お楽しみに」

と、皆にひやかされた。

きのうタクシーのなかから見た愛宕《あたご》神社の石段も、小ぶりながらなかなかよさそうだ。こんど登ってみよう。

アテネを遠く離れて

数日前の新聞の朝刊に、めずらしい写真がのっていた。

ギリシャのどこかの丘である。オリンピックのための聖火を太陽光から採る儀式のリハーサルの様子らしい。

神殿の跡とみえて、巨大な石の円柱が立っている。白い衣裳《いしょう》を着た女性たちが並んでおり、一人が手にした聖火のトーチをさしだしている写真だ。

解説によると、女性たちが着ているのは、古代ギリシャ時代の巫女《みこ》の服であるという。太陽神アポロに祈りをささげたあと、その光を集めて点火する。

その聖火が聖火ランナーによってリレーされ、オリンピック競技の会場に運ばれるわけだ。

あらためて書くまでもなく、一八九六年のアテネ大会から始まった近代オリンピックは、紀元前の古代オリンピックにあやかって四年に一度開催されてきた。オリンピックは、古代都市オリンピアで催されたギリシャ人の宗教行事であったという。オリンピアの主神ゼウスを讃《たた》え、その前に人間の躍動する姿を示して感謝する祭りである。

祭りとは、本来、神と人との出会いの場であった。古代においては、なおさらだ。

祭りというのは、セレモニー（儀式）とフェスティバル（行事）から成る、と学者はいう。フェスティバルも、古代には宗教的な催しを意味したらしい。やがて人間が威張る時代の到来とともに、みんなで楽しむ集まりの意味が大きくなっていく。

古代オリンピックは祭りであったが、近代オリンピックはお祭りである。それでもセレモニーのしっぽは残した。聖火をギリシャから運び、メーン会場の聖火台に点火する儀式をおこなうのは、そのなごりだろう。

しかし、私たち現代の日本人は、その聖火の聖という意味には、ほとんど関心がない。

聖火ランナーは単なる点火ランナー、聖火台はただの点火台としてしか見ていないのではあるまいか。

まあ、ふり返って足もとを見ると、私たちの時代は、聖という字にはほとんど関心がなくなってしまった時代のような気がする。

聖職。聖地。聖夜。聖霊。などなど。

富士山はかつて聖なる山とされた時代があった。だから単なる登山ではなく、「六根清浄《ろっこんしょうじょう》」ととなえながら、ある畏敬《いけい》の念をもって登った。聖なる山は、ほかにも数多くあった。いまはスポーツとして挑戦する。なんだか味けないような気がしないでもない。

聖歌にはオーソドックスな讃美歌《さんびか》と、もっぱら黒人教会でうたわれたゴスペル・ソングがある。ゴスペル・ソングは、日本の若い人たちにも大人気だ。

「リズムが素敵《すてき》だし、みんなでうたえて楽しーい！」

と、素直に目を輝かせる。でも、それだけじゃないんだよね、と、つい水をさしたくなってくる。

ゴスペルとは福音《ふくいん》・福音書のことだろう。god - spell（良き言葉）が語源らしい。ジャズやR&B（リズムアンドブルース）や、ソウル・ミュージックの要素と入りまじって独自の発展をとげたが、根のところには神への熱い祈りがある。乱暴なことをいえば、クラシック音楽も、ロシア文学も、そうでないものはない。

スピリチュアルなものを捨ててしまえば、世の中がつまらなくなってしまうような気がするのだが、どうだろう。

人が集まって何かゴチャゴチャするだけのオリンピックでは、あまりおもしろくない。神と人が出会う時間があるからこそ、感動するのである。

臍下《せいか》丹田、チンと鳴りゃ

子供のころ、体をきたえようと、変なことをいろいろやったものだ。

それは自分が弱い体の持ち主だ、と思っていたせいである。

入院したりすることはなかったものの、しょっちゅう体調を崩しては寝込んでいた。学校を休むこともしばしばあった。

私の父親は、戦争中の下級知識人の例にもれず、愛国者だった。剣道が得意で、鉄棒や徒手体操なども熱心にやっていた。

私が本を読んでいると、顔をしかめて、

「本なんか読むより、体をきたえろ」

と、必ず言う。そして早朝から私に木刀の素振《すぶ》りや、詩吟の朗詠を強制する。

「体は、きたえれば必ず強くなる」

と、いうのが父親の口ぐせだった。そんな体育会系の父親だが、意外なことに子供のころは体が弱かったらしい。それが努力して身体改造にとり組んだ結果、師範学校生のときはスポーツマンとして鳴らすようになったのだそうである。

「そんなことじゃ、立派な軍人になれんぞ」

と、父親に言われて、半分むっとし、半分くやしかった。戦争の時代に育った子供にも、それなりの夢はある。じつは戦闘機乗りになりたいと思っていたのだ。どうせお国のために死ぬなら、広々とした大空で散華《さんげ》したい。

十代で死ぬことを本気で覚悟していたのだから、教育というのは凄《すご》いものである。

さて、飛行士になるには、いくつかの道があった。一日でも早く空を飛ぼうと思うなら、予科練か少年飛行兵の試験を受ければよい。

また、幼年学校から予科士官学校へ進み、さらに航空士官学校へいくというコースもあったが、これはやや遠回りになる。

当時、私たち飛行士志望の少年たちのヒーローは、偉いほうでは加藤隼《はやぶさ》戦闘隊長、少年飛行兵出身では穴吹《あなぶき》軍曹だった。いまの松井やイチローのようにまぶしかったものである。

しかし、飛行兵になるには、頭も大事だが、まず体力だ。身体検査にパスしないことには、空で死のうたってお話にならない。

そこで少年の私は、本気で身体改造を志し、ひそかな努力を続けたのである。

それがいま考えてみると、どこかピントがずれているようで、なんとなくおかしい。

たとえば静座と呼吸。父が岡田式静坐法とかいう健康法に凝《こ》っていて、家にいろんな入門書があった。それを読んで、父親にかくれて座る。

座禅の本を読んでは、結跏趺坐《けっかふざ》の真似事《まねごと》をする。

丹田《たんでん》呼吸をものにするために、父親が購入した中山式とかなんとかいうベルトをもちだしてヘソの下にまく。金属製の器具が正面についていて、下腹部が十分ふくらむと、チン、と澄んだ音で鳴る仕掛けである。

詩吟も七言絶句《しちごんぜっく》の二行ぶんくらいは、息をつがずにうたう。剣道の寒稽古《かんげいこ》にも、一日も休まずに通《かよ》う。あげくのはては、断息《だんそく》という息を長くとめる苦行にいどんで、目がくらんで倒れたこともあった。体によくないことだが、三分は息をとめて平気だった。

先日、洗面台の水に顔をつけて息をとめ、時計ではかってみたら二分三十秒だった。この断息は、脳の静脈のうっ血から脳障害をもたらす危険があるというから、ご注意。

それで、体は強くなったか。あまり病気はしなくなったが、日本が戦争に負けた。戦時少年の夢は泡と消えたのであります。

おもしろ妖しの魅力

あやしい、という表現が私は好きだ。

怪しい、と書くより、妖《あや》しい、と書くほうがなんとなくぴったりくる。

「あやしの山」

といえば、二上山《にじょうさん》である。雄《お》岳《だけ》、雌《め》岳《だけ》と二つの峰をもつこの山は、じつに、どことなく妖しい気配がある。

雄岳の頂上に大津皇子《おおつのみこ》の墓がある。その墓が大和《やまと》に背をむけているところが妙にあやしい。

大して高い山ではないのに、登ってみるとふつうの山でない感じがする。一瞬のうちに天候が激変するところがあやしい。山麓《さんろく》の当麻寺《たいまでら》の、中将姫《ちゅうじょうひめ》の半開きの昏が、なんともいえずあやしい。折口信夫《おりくちしのぶ》の『死者の書』や、吉増剛造《よしますごうぞう》の『オシリス、石ノ神』など、そのあたりに漂う作品世界の匂《にお》いがあやしい。当麻寺に居候《いそうろう》している役行者《えんのぎょうじゃ》の目つきがあやしい。そして私は、それらのあやしさが大好きである。

「あやしい人」

といっても、「怪しい人」ではない。妖しい魅力を感じさせる人物という、一種のほめ言葉であるから誤解なさらぬように。

最近、「あやしいなあ」と感嘆させられるのは、白隠《はくいん》さんである。江戸中期の人で、臨済禅《りんざいぜん》の中興の祖と呼ばれる名僧だ。いまの静岡県の人である。

「駿河《するが》には過ぎたるものが二つあり　富士のお山と原の白隠」

と、うたわれたという。なんたって富士山と並べられるというのは凄《すご》い。五百年間不世出《ふせいしゅつ》の禅師《ぜんじ》とも称されたそうな。

宗教家ではあるが、書も、絵も独特な世界をつくりだした。

しかし、もっと凄いのは、ライターとしての才能である。空海《くうかい》も大ライターだったが、白隠さんも驚くべき書き手である。その著作には大きくわけて漢文語録と、仮名法語類がある。『荊叢毒蘂《けいそうどくずい》』とか『槐安国語《かいあんこくご》』とか、『息耕録開筵普説《そっこうろくかいえんふせつ》』とか、写すだけでもしんどい論文は、専門の学者にも難解で手におえないらしい。

一方、仮名法語類は、有名な『夜船閑話《やせんかんな》』をはじめとして、『遠羅天釜《おらてがま》』『於《お》仁《に》安佐美《あざみ》』『藪柑子《やぶこうじ》』などなど。

先日、金沢大学の「暁烏敏《あけがらすはや》文庫」でみつけた古書が、その『遠羅天釜』だった。うしろのページに暁烏敏自身の書きこみなどもあって、おもしろかった。暁烏敏という人も、やはりどこか「あやしさ」を感じさせる人だ。あい通じるものを感じて共鳴したのだろうか。

白隠さんは、希代の学僧である。しかも多くの弟子を育てた。それでいて、禅をエンターテインメントとして説くために、大衆的な説話をたくさん残した。ここがまた、あやしいところだろう。

『大道ちょぼくれ』『おたふく女郎粉《じょろうこ》引歌《ひきうた》』『御《お》洒落《しゃらく》御《ご》前《ぜん》物語』など、タイトルだけでもじつにあやしげである。

しかし、江戸から現代にいたるまで、白隠さんは一貫してスーパースターだった。なかんずく呼吸法と養生法を論ずる者で、その『夜船閑話』を引用しない者は、ほとんどいない。私も『夜船閑話』のストーリーテリングの妙に感嘆させられたひとりである。

「妖しい文章家」をほめ言葉として、思いつくままにあげてみる。

弘法大師《こうぼうだいし》空海。蓮如《れんにょ》。白隠禅師《はくいんぜんじ》。平田篤胤《あつたね》。佐藤信淵《のぶひろ》。浅野和三郎《わさぶろう》。暁烏敏。

このあとに松岡正剛《せいごう》、中沢新一、鎌田《かまた》東二《とうじ》などの皆さんの名前を続けたら、叱《しか》られるだろうなあ。

歌をうたえば骨が鳴る

あくびをしたり、大きく口をあけたりすると、頰《ほお》の骨がゴリゴリッと鳴る。
たぶん歯の嚙《か》み合わせがずれているのだろう、と勝手に判断した。いわゆる不正咬合《こうごう》というやつだ。

友人の医師にそのことを話したら、

「まあ、誰でも多少はあることなんじゃないの」

と、軽くいなされてしまった。

半年ほど放《ほう》っておいたのだが、しだいにゴリゴリが大きくなってきた。そこでなんとか治そうと考えた。

まず、嚙みかたを検討する。

一年ほど前に右の奥歯を修理している。そのため、そっちのほうを無意識にかばって、反対の左側を多用しているらしい。

ものを食べるときに注意してたしかめると、やはり七・三の割合で左で嚙んでいることがわかった。

そこで両方均等に使うようにする。ちょっと油断すると、固いものは自然に左の歯で嚙んでいる。修理した右の歯のほうを、どうしてもかばってしまうのだ。不思議なもので、ふだん多く使っている左側の歯で嚙むほうが、食物の味もはっきりわかるのである。そこを我慢して、左右均等に嚙むようにつとめた。

それだけでは心もとないので、朝晩、舌を歯ぐきの表側におき、グルリグルリと大きく回転させる体操を熱心にやることにした。

これは苦しい。

まあ、いっぺんやってごらんなさい。自分の体がいかに不随意なものであるかが、よくわかるはずだ。

舌を輪のように回転させるから、名づけて舌輪法《ぜつりんほう》。舌を大きく回すたびに、左右の頬のあたりで骨がゴリゴリ、ミシミシと鳴りひびく。

ひと月ほどそんな努力をしたが、これという効果がない。ふた月やっても、ほとんど変わらない。

こうなると意地だ。

三カ月ほど続けたら、なんとなくゴリゴリが、コリコリぐらいになってきた。左右を五分五分に噛むことにも慣れてくる。いちいち気にしなくとも、自然に両方で噛んでいる。やがて骨の鳴る音が、ほとんど聞こえなくなってきた。なんとなく淋《さび》しいような、たよりないような妙な気分である。

不正咬合は、当然、歯科医に相談して矯正してもらうのが正しい。

しかし、自分の体の不具合を、あれこれ工夫して調整するのが私の趣味だ。

最近の医学は、凄《すご》いことになっている。東京からニューヨークの患者さんの手術ができるのだそうだ。先日、説明を聞いて仰天した。

しかし、しかしである。慢性の鼻炎で悩んでいるとか、持病の腰痛で苦しんでいるとか、そういう人は身近にわんさといるではないか。そんな症状を自信をもって治せる病院があったら教えていただきたいものだ。その程度のことも手際よくチャチャッと治せないで、先端医療といわれてもなあ。

先日、ある高名なドクターと対談をさせていただいた。終わって席を立つときに、眉《まゆ》をひそめて変な動きをなさる。

「腰痛があるでしょ」

と言ったら、

「わかりますか。いや、こればかりはどうも――」

そこで私が長年にわたって工夫した腰痛を出さない方法をお教えしたのだが、医者は人の言うことをきかない人種だから、実行なさっているかどうか、はなはだ心もとない。

私がご指導したのは、犬のように両手両足を使って歩きまわる四足ウオーキング療法である。

エライ先生だと、やはり人目もあることだし、無理だろうなあ。

夢野久作どんの親戚ばい

『元気』という本を出した。それにしても、『元気』とは変な題名である。自分でも少し迷う気持ちがなかったわけではない。しかし、とことん考えたあげく、やはり『元気』しかないだろうと覚悟をきめたのだ。

「こんど出る本の題名は？」

と、きかれて、

「『元気』です」

と、答えると、

「それはわかってます。新刊のタイトルをうかがってるんですが」

「だから、『元気』」

「え、そういう本なんですか？」

言外にイツキさんらしくないですね、と、首をかしげている気持ちがありありと伝わってくる。考えてみれば無理もない。究極のマイナス思考だとか、この世は苦しみの連続であるとか、バカのひとつおぼえのように言いつづけてきて、ン十年。悲観論の家元のようなあつかいを受けても文句は言えない立場である。

しかし、私が十代のころからずっと考えつづけてきたのは、こういうことだった。

まず、生きていくことは大変だということ。

五十九年前の敗戦の日から、そのことは骨身にしみて感じてきた。いまもそうである。いや、年をとればとるほど毎日がしんどい。

「この世は苦である」

という思いは、日々いやますばかりである。

しかし、それでも私たちは生きていかなければならない。そこが問題だ。

長年やっている深夜のラジオ番組で、前にこういうハガキをもらった。高校の男子生徒からである。

「ちかごろ、自殺のことばかり考えるようになりました。この世は、はたして生きるに価《あたい》するのでしょうか」

こういう真面目《まじめ》な質問を受けて、即座にはっきりしたアドバイスができる人などいるのだろうか。私には無理である。

そこで、マイクの前でこんなことをしゃべってお茶をにごした。

「ぼくも大学生のころ、同じように考えたことがあったんだよ。そのときぼくの気持ちを変えてくれたのは、ゴーリキーというロシアの作家の、こんな言葉だった。彼はこう書いていたんだ。

〈この世はひどいもんだ。じつにひどい。でも、だからといって自分から投げだすほどひどくはない〉

まあ、役に立つかどうかわからないけど、ぼくはゴーリキーの意見は悪くないと思う。彼も若いころ、ピストル自殺をはかったことがあるらしいしね」

生きていくことは昔も今も大変だ。しかし、生きていかなければならない。

そこで必要になるのは、なにか。

この十年あまり、全国いろんな土地を旅して歩く暮らしのなかで、少し見えてきたものがある。

それはこういうことだ。ひどい時代に私たちに生きる力をあたえるのは、その時代に生みだされた新しい物語である、と。

浄土という新しい物語があった。観音信仰という優しい物語もあった。七生報国《しちしょうほうこく》という物語もあった。革命という物語もあった。他力《たりき》という物語もあった。

それぞれの時代に、多くの人びとが新しい物語に共感し、それを信じることで大変な時代を生き、そして死んでいった。

物語は夢であり、幻《まぼろし》である。いま必要なのは、新しい言葉ではないだろうか。

夢野久作《ゆめのきゅうさく》、というのは、九州では白昼夢にふけるうつけ者のことをいう。

『元気』という物語を書いたあと、私は自分をそんな男の親戚《しんせき》のように感じたものだった。

忘れ得ずして忘却を

菊田一夫という人は、やっぱり天才だったなあ、と思うことがある。

なんたってその作品のタイトルがわかりやすい。

『鐘の鳴る丘』

『君の名は』

『がめつい奴《やつ》』

など、すぐに頭に思いうかぶ題名がいくつもある。

昔はラジオが娯楽の王様だった。ラジオドラマ『君の名は』の放送時間には、銭湯がガラガラになるといわれた。大人も子供もラジオにかじりついて夢中になっていたからである。ラジオドラマの主題歌は、戦後の国民ソングであったと言っていい。
〽鐘が鳴ります
キンコンカン
だの、
〽君の名はと
たずねし人あり
だの、このラジオドラマの主題歌がまた、わかりやすく、おぼえやすかった。
『君の名は』
となると、数寄屋橋《すきやばし》である。
私が九州から上京した一九五二年の春から、ＮＨＫのラジオドラマとして放送が始まった。
アルバイトで数寄屋橋の上を通るたびにヒロインの真知子《まちこ》サンをさがしたが、そんな感じの女性は全然いなかった。
昔のドラマには、名文句というのが必ずあったような気がする。

菊田一夫は、そんな名文句の書き手として、天才的だったと思う。いわゆるコピーライターとしては、最高である。

これがまた、わかりやすい。しかし、ただわかりやすいだけではない。ひとひねりして、なんでもないことを大げさに言う。

そのひねりかたも、決して難解ではなく、理に落ちるところがあっておもしろいのだ。

簡単なことを、わざと難しそうに言う。しかし、使われている言葉はすべて平明である。平明でありながら、もったいぶった言いかたをする。そこが天才的な通俗性である。

この人が宗教家だったら、さぞかし後世に残る名文句を吐いたにちがいない。

「忘却《ぼうきやく》とは――」

と、大げさにかまえる。

なにを言いだすかと耳を傾けると、

「忘れ去ることなり」

などとおっしゃる。

「忘却とは　忘れ去ることなり」

ハア、なるほど。言われていることは、まことに正しい。忘却とは、たしかに忘れ去ることである。

しかし、大まじめでそう言われると、なんとなくおかしくなってきません？

つい、こっちも同じような文句を連想してしまう。

「返却《へんきゃく》とは――」

フム、返却とは？

「お返しすることなり」

これじゃダメか。やはり菊田一夫は天才である。忘却なんて言葉で、もっともらしく語りだすところが凄《すご》い。忘却というと、ちょっと難しそうでいて、じつはそうでもない。熊さん八つぁんでも口にできそうな、平易な難しさなのである。

この平易な難しさ、というやつが、じつはなかなかの曲者《くせもの》なのだ。

やさしいだけでもダメ。しかし難しい一方でもダメ。そのさじ加減が菊田一夫の天才たるゆえんだろう。

「忘却とは　忘れ去ることなり。忘れ得ずして忘却を誓《ちこ》う心の悲しさよ」

なーんちゃって。

私が書くとこうなる。

「返却とはお返しすることなり。返し得ずして返却を誓う心の悲しさよ」

やっぱりこれじゃダメか。

数寄屋橋の下の水の流れも、いまはすでに忘却のかなたにある。

モハメッド・アリの夜

テレビをつけたら、モハメッド・アリが出てきた。

かっての世界ヘビー級チャンピオン、カシアス・クレイである。

場所はラスベガスらしい。リングの上で、マイク・タイソンの肩を抱いて、観客の拍手にうなずいている。

どこか魂《たましい》が抜けたような表情だが、彼によせる人びとの歓声はとびきり熱い。

不意にビデオの逆回しのように、時間がとびさっていく。

あれは、いつごろのことだったただろう。

私はその晩、試合のために東京へやってきたアリとむきあって座っていた。通訳を介しての雑誌の対談のためである。

そうだ。場所は麻布のレストランだった。暗闇《くらやみ》坂を登って池のほうへ折れた静かな店だったが、いまはもうない。

そのレストランは、当時としてはなかなか趣味のいい店で、写真の撮影などにもよく使われたものである。

ただし、名前が凄《すご》かった。たしか白亜館《はくあかん》、といったと思う。

べつにホワイトハウスを意識した名前ではなかったはずだ。単に、白亜《はくあ》の館《やかた》というつもりだったにちがいない。

モハメッド・アリは、以前、

「ほら吹きクレイ」

といわれていた。やたら大口をたたく、手のつけられないハッタリ屋、というイメージがマスコミに流布《るふ》されていたのだ。

そのときも来日以来の行状がスキャンダラスに報道されていたので、実際に会ってみてびっくりしたことを憶《おぼ》えている。彼はひかえめで、物静かな男だった。言葉を選んでぽつりぽつりと話す。私は英語はダメだが、彼のボキャブラリーがすこぶる知的なものであることは推察できた。

対戦相手を口汚くののしる彼と、冷静にこちらの質問に答える彼と、どちらが本当のモハメッド・アリか、などと幼稚なことは考えない。どっちもアリである。

なぜ名前を変えたのか、と私がたずねると、彼はこう言った。

「私たちは奴隷としてアメリカへ連れてこられた人間の子孫です。そしてカシアス・クレイというのは、支配する側の言語による名前です。私は自分の名前が必要だった。だからモハメッド・アリという名前を選んだのです」

また、こんなことも言った。

「制度を変えただけでは、差別はなくならないと思う。たとえばブラックメールといえば恐喝、ブラックマーケットといえば闇市《やみいち》、ブラックリストとかブラックフラッグとか、ブラックは常に悪いイメージでしょう。それに対して、ホワイトは清浄で美しいものを示すのです。そのような言語を使う限り、人間は自由ではありえない。言語は絶望的なほど大きな力をもつ。そうは思いませんか」

彼は徴兵を忌避《きひ》してチャンピオン資格を剥奪《はくだつ》された過去をもつボクサーである。

いまラスベガスのリングで、満場の喝采《かっさい》をあびているアリの茫洋《ぼうよう》たる表情には、そんな現代史の苦い陰影はうかがうことはできない。

大統領官邸は永遠にホワイトハウスと呼ばれるのだろうか。

それにしても、あの熱狂的な観客のスタンディング・オベーションは、いったい何にむけられたものなのだろう。

「何か食べますか」

と、私がきくと、アリはごくりと唾《つば》を飲みこんで、

「白身の魚を、すこし」

と、マネジャーのほうをうかがいながら言った。

人に歴史あり。

あれは三十二年前の四月の夜のことだった。

山形の夜はブルース

山形の立石寺《りっしゃくじ》へいってきた。『百寺巡礼』第六十一番目の寺である。立石寺を訪れるのは、三十数年ぶりだ。「にっぽん漂流」という雑誌連載の取材でたずねたのは、たしか一九六〇年代の終わりのころだったと思う。

当時、私はまだ三十代の新人小説家だった。編集者のMさんとともに、日本各地を旅して回った。なんだかとても呑気《のんき》な時代だったような気がする。

羽田から天童《てんどう》の山形空港へ飛ぶ全日空の旅客機も、プロペラがついていた。窓から安達太良《あだたら》の山も見えて、客室乗務のお嬢さんの八重歯も愛嬌《あいきょう》があった。

閑話休題。

ひさしぶりの立石寺の石段、千余段。前にきたときはワルツの三拍子で登っている。

〽そーらにーさえーずるーとーりのーこえー、ズンタッタ、ズンタッタと、一気呵成《いっきかせい》。なんたって三十代だからなあ。

今回は古希を過ぎた身とあって、のんびりしたフォービートで登る。三呼一吸の古典的呼吸法だから、「スロー、スロー、スロー、クイック」でぴったり合う。

室生寺の七百段より立石寺の一千段のほうが、うんと楽だ。途中にいくつも歩を休める場所があるからだろう。

念仏堂の前で定番の力蒟蒻《ちからこんにゃく》をかじる。一本百円也《なり》。

立石寺は天台《てんだい》の寺だが、いろんな要素が混じっていて、寺内の葬式は念仏堂でやるらしい。開祖、円仁《えんにん》は比叡山《ひえいざん》の横川《よかわ》に常行念仏《じょうぎょうねんぶつ》を伝えた人だから、その影響だろう。この円仁という人物は、非常に興味ぶかい僧である。

関西でお大師《だいし》さんといえば弘法《こうぼう》大師空海《くうかい》のことだが、東北地方では慈覚《じかく》大師円仁をさすという。

天台密教を完成させ、第三世天台座主《ざす》となった。教学の充実だけでなく、天台宗を民衆に浸透させた人でもあるらしい。

中央政権の東北進攻は武力によるものだが、その後を宗教が地ならしをする。しかし、支配者の押しつけでは民心はついてこない。

立石寺を開くにあたって、円仁はまず先住民の山人のリーダーと折衝する。また、その磐司磐三郎《ばんじばんさぶろう》という人物である。

この名前を私はまちがえて、伴淳三郎《ばんじゅんざぶろう》と言いそうになるのだが、バンジュン氏もまた山形の人だ。

ともあれ東北の寺には、さまざまな在地の信仰や習慣が習合《しゅうごう》して、独特の雰囲気を伝えているところが多い。

「岩にしみ入る蟬《せみ》の声」よりも、そっちのほうがはるかに興味ぶかく感じられた。前にきたときは、奥の院で母親の法名を書いた卒塔婆《そとば》を納めている。永代供養の分と合わせて四千数百円。

そのときの宿は天童温泉だった。雑誌社の取材費で、芸者さんを呼ぼうということになった。たしか松葉屋の松吉姐《ねえ》さんと、見習いのような若い妓《こ》がふたりお見えになったはずだ。「山形ブルース」という歌をおそわって、湯のなかでくり返しうたった記憶がある。

〽若いふだりがだっこして
いづまでも　いづまでも
こやんばいして　いだいんだすー
んだげども　やんだすー
だれが　ほっこらへんで
見でんべすー

さらば暗愁の日々よ

暗愁《あんしゅう》、という言葉について、長年しゃべり続けてきた。

あちこちで講演をたのまれるたびに、「暗愁のゆくえ」という題で話をさせてもらった。もう何十年も同じ内容の話をしてきたのではないかと思う。

暗愁、というのは近ごろあまり耳にしない言葉である。暗、という字が頭についているので、なんとなく陰気なイメージがあるらしい。

はじめのころは、主催者にその題を伝えると、ちょっと戸惑う気配があった。それはそうだろう。なにしろ「明るい未来をつくるために」などという行政側の意向にはどうもそぐわない題だ。もちろん内容も当然、明るくはない。

長いあいだそんな話をして回ってきたせいで、

「日本一暗い話をする作家」

などといわれるようになってしまった。身から出たサビとはこのことだろう。

しかし、石の上にも三年。最近ではなぜかあちこちで、

「あの話をしてください」

と、リクエストされるようになってきた。

「どの話ですか」

「ほら、あの、暗礁《あんしょう》に乗りあげて、どうたらこうたらいう話」

「ああ、暗愁のゆくえ、ですね」

「そう、それ、それ。思いきり暗いところでお願いします」

最近は『元気』などという本も出しているのに、とぼやきつつ出かけていく。

今年のはじめ、未知のご婦人からお手紙をいただいた。関西のほうの小島瑤子《ようこ》さんというかたからである。

首をかしげながら一読して、びっくりした。

お亡くなりになった上代文学者の小島憲之《のりゆき》さんの奥様からのお便りだったのだ。

丹念な字でつづられた文面をかいつまんで説明すると、生前、小島さんは、私がご自身の著書を引いて、暗愁というテーマで話をしていることをずっと気にかけていてくださったらしい。

また、私がその小島さんの『ことばの重み』という本を紛失して残念がっていることを知られて、余分の本があれば送ってあげるのに、と奥様におっしゃっておられたこと。

そして小島さんが亡くなられたあと蔵書の整理をしていたら、小島さん自身が持っておられたその本が一冊でてきたので、本人の書きこみや傍線《ぼうせん》などがあちこちに残っているので気になりますが、五木さんにお送りさせていただきます、どうぞお納めください、というお手紙だった。

小島憲之著『ことばの重み』(新潮社刊)は、私が古本屋でみつけて、表紙がすりきれるほどに愛読したエッセー集である。

暗愁、という言葉に私がはじめて出会ったのは、昭和二十年夏の永井荷風《かふう》の日記のなかでだった。

しかし、その全容をくわしく知ったのは、『ことばの重み』を手にとったときである。

平安時代から人びとが感じていたえもいわれぬ愁《うれ》いに、この外来の漢語がぴったりきたらしく、千年以上も日本人に大事にされてきた言葉だという。

一度もお会いしたことのない小島さんのことを、私はずっと自分の先生のように感じていた。一冊の本だけを介しての師弟関係というのも、あっていいのではあるまいか。

こんど小島さんへの追悼の気持ちをこめて、そのいきさつを『元気』という本のなかに、「暗愁のゆくえ」という一章にまとめて入れた。

暗愁という言葉に興味をおもちのかたは、どうぞ書店で立ち読みなすってください。

へえ松島や松島や

松島の瑞巌寺《ずいがんじ》へいってきた。

松島といえば日本三景のひとつ。あまりにも有名なので、これまで一度もいったことがなかった。

人は有名な場所にあこがれる一方で、なんとなく敬遠する気持ちもあるものだ。

松島といえば瑞巌寺。瑞巌寺といえば松島。超有名な場所と由緒ある寺がワンセットになっていれば、そりゃあ強い。強すぎるがゆえに自然に足が遠のく。

「誰がつけたか日本三景」

と独りごとを言ったら、同行のアサマさんが間髪《かんはつ》をいれず、

「林 春 斎《はやししゅんさい》とかいわれていますけど」

「へえ、シュンサイとは何者？」

「林羅山《らざん》の三男坊です」

アサマさんは妙齢の女性編集者であるが、なんの因果か百寺の旅にかかわるようになって、めっぽう寺関係にくわしくなってしまった。

かわいそうに若い身空で、

「歩く仏教辞典」

などと呼ばれている。

「瑞巌寺は何宗かな」

と、つぶやきでもすると、

「もと天台宗で、現在は臨済宗の妙心寺《みょうしんじ》派でーす」

と、打てば響くように返ってくるのだ。

そもそも寺の宗派というのは、どうもおぼえにくい。

日本一たくさんの人が集まるのは浅草の金龍山浅草寺《きんりゅうさんせんそうじ》である。そこで、ためしに誰かつかまえて、浅草寺の宗派をたずねてみてごらんなさい。

東京っ子でも、さあ、と首をかしげる人が少なくないだろう。

「浅草寺は聖観音宗《せいかんのんしゅう》のお寺です」

と即答できるようなら立派なお寺の通《つう》である。

「よくできました。それでは四天王寺《してんのうじ》は？」

「和宗」

「ふむ、ふむ。じゃあ長野の善光寺《ぜんこうじ》」

「さあ」

「善光寺は無宗派だ」

「ずるーい。そんなのありかな」

さよう、あまりにも有名な善光寺は、無宗派の寺である。天台宗の大勧進《だいかんじん》と浄土宗の大本願《だいほんがん》によって管理され、ご本尊は阿弥陀如来《あみだにょらい》像である。年間、七百万人の参詣者《さんけい》があるというから凄《すご》い。

さて、松島の瑞巌寺。

伊達政宗《だてまさむね》の菩提寺《ぼだいじ》だけに、豪華絢爛《けんらん》たる障壁画で有名だ。長谷川等胤《とういん》の描《か》いた上段の間の「梅の図」など、とてもいい。

等胤は長谷川等伯《とうはく》の弟子だという。私は等伯が好きで、最近出した『気の発見』という本のカバー装画にも「松林図」の一部を使わせてもらっているくらいだ。

しかし、松島を訪れた芭蕉《ばしよう》は、『奥の細道』のなかで愛想のいい文章は残しているものの、なぜかお得意のご当地俳句は一句もよんでいないのである。

「松島や　ああ松島や　松島や――というのがあるじゃないですか」

と、誰かが口をはさんだが、これを彼の作品にしてしまったのでは芭蕉がかわいそうだろう。

井上ひさしさんは、伊達家菩提寺の威風堂々たる金ピカ装飾が、歌枕《うたまくら》の旅をめざす芭蕉の心境にはそぐわなかったのではないか、とどこかで書かれていたが、これはうなずける推理だ。

私は、総門をくぐって右へ迂回《うかい》した岩壁に黒々と口をあけているヤグラの眺めに目をみはった。ヤグラとは、古代葬送の場所としても用いられたと思われる石《せっ》窟《くつ》である。深い杉木立の下の苔《こけ》も美しい。茶店のズンダ餅《もち》もうまかった。

そこでスタッフのひとりが一句。

「松島や　へえ松島や　松島や」

腰痛よ、こんにちは

ひさしぶりに腰痛が出た。

長い時間、ベッドに座ったまま、アクロバティックな姿勢で原稿を書いていたせいらしい。起《た》ちあがれないほどの激痛に、目を白黒させて狼狽《ろうばい》する。

腰痛が出たのは二十年ぶりだ。ずっと気をつけて警戒していたのに、つい油断したのがまちがいのもとであった。

腰痛は私の数ある持病のひとつである。自慢じゃないが私はたくさんの持病を抱えている。指を折って数えてみると、両手両足の指でも足りないくらいだ。

腰痛はその数ある持病のなかでも、三役級の厄介ものである。私はこれまで腰痛について、ずいぶん勉強もしたし、自分なりの対策も講じてきた。

はばかりながら頭痛と腰痛、それにウオノメ痛に関しては、ちょっとした通のつもりである。

長年にわたる観察と研究の結果、私は次のような結論に達した。

「腰痛は治らない。それは人間の宿命である」

人間以外の地上の動物は、おおむね四足で歩行する。無理して足だけで歩こうとすると、ペンギンのようなおかしな恰好《かっこう》にならざるをえない。

直立二足歩行という自然に反したスタイルを選んだときから、人間は腰痛を友として生きることを宿命づけられたのだ。

だから腰痛は自然現象である。人間は誰でも本当は腰痛を抱えて暮らしているのである。

オレは一度も腰痛なんか感じなかった、という人がいたら、それはたまたま生活様式が腰痛の出にくいタイプだっただけのことだろう。そういう人は謙虚におのれの幸運を感謝すればよい。腰痛は病気ではない。それは人間の背負った宿命である。宿命に治癒はない。だから、ただそれを出さないように、腰痛をなだめすかしつつ、折り合って暮らすしかないのである。

私が最初に腰痛を体験したのは、中学生のころ、農業の時間に田植えをやらされたときだった。

田植えだけでなく、夏には田の草とりもやったし、秋には鎌《かま》を持って稲刈りもやった。

中腰で長時間、休まずに働いていると、腰痛にならないほうがおかしい。私の腰痛の起源は、農村の中学生だった十四歳のころにある。

その後、幾星霜《いくせいそう》。私の腰痛の最盛期は、リューコー作家として酷使された四十歳から五十代の後半にかけてであった。

本当に腰が抜けたようになって起てなかった。いつも背中のベルトの裏に、厚い文庫本を一冊はさんで暮らしていたものだ。

その二十年にわたる迷走と模索のはてに、私が発見したのは、まず動物にかえろう、ということだった。

具体的には「うしろ歩き」と、室内での四足歩行である。さらに、

「腰は曲げない。膝《ひざ》は曲げるためにある」

という鉄則を厳守した。室内では常に手足を使って這《は》うことを旨とする。トイレにいくときも、ベランダに出るときも両手両足を使って這う。

慣れてくるとギャロップさえできるようになったのだから、われながらエライものである。そのほか無数の日常の動きを動物化することで、見事、腰痛は引っこんだ。

だが腰痛は治らない。それを忘れて、近年なんとなく気がゆるんでいたのが運のつき。

腰痛の訪れは、私のたるんだ精神に対する警告の鉄槌《てっつい》であると思いたい。

さて、こんどのこの厄介な人生の伴侶《はんりょ》とは、どう折り合いをつけようか。あ、

イタタッ。

青き鐘なる中尊寺

ひさしぶりの腰痛再発からすでに五日目。

空気枕《まくら》をたずさえて東北新幹線に乗った。めざすは平泉《ひらいずみ》の中尊寺《ちゅうそんじ》と毛越寺《もうつうじ》である。腰痛の出る前に石段一千余段の立石寺《りつしゃくじ》に詣《もう》でておいてよかった。

腰痛というのは、じつに厄介なものである。なにしろ、寝返りもうてない。長く座っていると、腰が抜けたようになって立てない。洗面台にむかって顔を洗うのが辛《つら》い。クシャミをしても腰にひびく。

「中尊寺の月見坂は、けっこう登りがきついけど大丈夫ですかね」

などとうれしそうにおどかす弥次馬《やじうま》連中もいる。

「一回ぐらいお休みしたらどうですか」

しかし、そうはイカのナントカで、こればかりはずる休みはできない。先の先まで予定がきまっていて、這《は》ってでも出かけなければならないのだ。

そろーり、そろーりと、ローラースケートを履いた能役者のような足どりで新幹線の階段をおりる。

初日の宿は、一関《いちのせき》のベリーノホテル。

ここはウィーン・フィルのメンバーなどがお忍びで泊まりにきたりもする、みちのくには希《まれ》な典雅なホテルである。

翌日の中尊寺にそなえて早目にベッドにはもぐりこむが、腰が痛くてなかなか寝つけない。

仕方がないので、腰に自利気《じりき》をほどこしつつ、半覚半睡の夜を過ごす。

ちなみに自利気とは、私の勝手な造語である。

自分の体にむけて気を送ることを、「自力」と「他力」にひっかけ「自利気」と名づけたのだ。これに対して、他者に気を送ることを「他利気《たりき》」と呼《こ》したのだが、どうだろうか。

「気」などというと、誰もあやしげな顔をする。じつは私もそうだ。しかし私は昔からあやしげなことが大好きな性《たち》なので、頭からそれを否定したりはしない。むしろおもしろがって、いろいろ試しては楽しんでいるのだ。

ハエのように手をこすりあわせて、熱くなった掌《てのひら》を腰のあたりにかざす。白隠《はくいん》禅師《ぜんじ》の「内観の法」を意識しながら、呼吸をととのえ、イメージを統一して、腰の冷たい部分に「自利気」をほどこす。

やがて腰のあたりがポッポと暖かくなってくるのを感じる。自己暗示であれなんであれ、体の冷たい部分が暖かくなって具合が悪いわけはあるまい。

朝方、少し眠って、午前中に起きた。死んでも出かけるぞ、と覚悟をきめていたせいか、腰の痛みがやや軽くなっている。

おそるおそるベッドをおりてみると、なんとか歩けそうだ。カニのように両脚をひろげて顔を洗い、服を着て、いざ出発。

最初は北上川《きたかみがわ》の河《か》畔《はん》に立って、一帯の地形を確認するところからはじめた。背後に束稲山《たばしねやま》。前方の衣川《ころもがわ》は見えない。きのうの雨で北上の流れは濁っている。

関山《かんざん》中尊寺。月見坂は途中までパス。前回は紅葉の最中《さなか》にきたが、今回は全山青葉の洪水だ。

旧知の千田《ちだ》孝信《こうしん》貫首《かんす》さんに、お茶をいただきながらお話をうかがう。大正十五年、マリリン・モンローと同年のお生まれとか。へぇー。

藤原清衡《きよひら》公の「中尊寺建立供養願文《こんりゅうくようがんもん》」には、人間としての深い悲しみの気配が流れているというお話に、すこぶる共感するところがあった。

そういえば宮沢賢治《みやざわけんじ》の中学生時代の短歌には、青という言葉がくり返し出てくる。

「中尊寺　青葉に曇る夕暮の　そらふるはして青き鐘なる」

やわらかに柳あをめる、と啄木《たくぼく》もうたった。青《ブルー》はみちのくのサウダーデの色だろうか。

中尊寺にいるあいだ、なぜか腰痛を忘れていたのが不思議だった。

さらば腰痛自然体

お騒がせしました。

無事、腰痛が引っこみました。四方八方に伏してお礼を申し上げます。「治った」のではなく、「引っこんだ」のである。いつまた出てくるかわからないから、治ったわけではない。それにしても、台風一過という感じでお引きとりいただけたのはありがたかった。百寺回りも休まずにすんだ。本当におかげさまである。

中尊寺から毛越寺《もうつうじ》と、先週はかなりの強行軍だった。それが、帰ってきた夜から嘘《うそ》のように腰が軽くなったのだから不思議である。

中尊寺には「足腰のお守り」というのがあった。ふと財布を出しかけてやめたのは、これまでお守りを持つ習慣がなかったからだ。

腰の痛みが消えたとはいえ、やはり不安が残る。

一挙手一投足、絶対に腰に負担がかからないように、そろーり、そろーりと動いている。

「なにが効《き》いたんですか」

と、会う人ごとにきかれて、そのつど、

「うーむ」

と、首をかしげて口のなかでムニャムニャ。

明快な答えができないのは、自分でもなにが効いたかがはっきりしないせいである。

私はこれまで、「百因百果《ひやくいんひやつか》」とか、「百因百縁《ひやくいんひやくえん》」とか言ってきた。

すべてものごとには、無数の原因や理由があると考えるのである。なにかが起こる原因は、決してひとつではない。

したがって、腰痛に対しても、ありとあらゆる対策を講じるべきであると考え

た。今回も思いつくことをすべて実行したつもりだ。一つや二つの治療法が役立ったのなら、

「これで腰痛を治しました」

と、大見えを切ればよい。

しかし、何十という工夫をこころみたために、いったいどれが有効だったのか、さっぱり見当がつかないので困っている。

全国千数百万人といわれる腰痛メイトの皆さまがたのご参考に、こんど私がこころみた工夫の一端をご紹介しておこう。

まず、体重をへらした。

二日間で一・五キロほど軽くした。完全絶食すれば、二キロぐらいは簡単である。つぎにいつもさげているバッグの中身を半分にした。これで四キロ減。

靴はいちばん踵《かかと》の低いやつを履く。顔を洗うときも、椅子《いす》から立つときも、四股《しこ》を踏むように足をひろげて、ドスコイ、ドスコイ。

腰は絶対に前に曲げない。

深夜、ホテルの廊下で、うしろ歩きを五百歩。部屋のなかでは、できる限り四足歩行とする。ワンワン。

三里《さんり》の灸《きゅう》と、足指、足裏マッサージと、以前からやっている丹田《たんでん》呼吸、それに我流の操体法《そうたいほう》。

白隠禅師の「内観法」と、「自利気《じりき》」のことは前に書いた。これはかなり長く続いている。

そのほか脊椎《せきつい》を整えるマッサージを一回、気功の遠隔治療を一回受けた。

腰の痛みがひどくて、歩くことも立つことも辛《つら》いときがある。そんな場面でいちばん効いたのは、気海《きかい》丹田、つまりヘソの下にぐっと全身の力を集中することだった。慣れれば力を入れてりきまずとも、自然に腰が入ってくる。背筋はのばさず、丹田をやや前にゆるめるような姿勢がいいようだ。これを東洋の自然体という。

あとは気持ちですね。百寺を回り終えるまでは絶対にガンバルぞー！　ではだめなのだと気づいた。

完走するも天命。途中で終わるも天命。

ふと、ナムアミダブツ、と心で手を合わせる気持ちになったことが、いちばん効いたのではあるまいか。

会津が俺を泣かせるぜ

それにしても、なんという虚弱体質であろうか。

腰痛去って、また一難。

間髪《かんはつ》をいれずに夏風邪《かぜ》をひいてしまった。

会津若松の古い料理屋でうまいケトバシを食った。馬肉は以前から私の好物である。

フランスというと、エリック・サティの音楽でも、マドレーヌ菓子でもない。すぐにタルタルステーキが頭に浮かぶ。

赤身の生の馬肉の料理である。玉葱《たまねぎ》、ケイパーなどをたっぷりそえていただく。

一九六八年夏、パリ五月革命のさなか、催涙弾の煙たなびくサン・ミッシェル広場の料理店でいただいたタルタルステーキの味は絶品だった。

催涙ガスのクロロアセトフェノンの余香《よこう》が隠し味となって、いつもの百倍うまかった記憶がある。

国際空港でホース・カーゴという文字の入った巨大ジェット機をみかけたら、それはフランスから各国へ送られる競走馬、食用馬の輸送機であるとご理解いただきたい。

フランスが輸出するのは、文化だけではないのである。牛肉はアルゼンチン、馬肉はフランスが一番だと思う。

と、いうわけで会津若松。藩政時代の味のある建物を生かした料理屋さんで、いろんなものをいただいた。

スルメの天麩羅《てんぷら》とか、饅頭《まんじゅう》の天麩羅とか、変わった料理が出て、これが意外に美味であった。馬刺《ばさ》しもなかなかの味である。

なかなか、などと持って回った言いかたをしたのは、日本の馬肉では九州熊本が一番、と、ひそかに思っているからだ。

「やっぱり馬肉は肥後《ひご》ばいた」

と、山鹿《やまが》の友人は言う。山鹿は古い情緒のある町で、山鹿灯籠《とうろう》で有名だ。このあたりの古い方言では、「バイ」だけではなく、「バイタ」と「タ」をつけるのがならわしである。

肥後熊本の最良の馬肉は、赤身より、サシのきれいに入った霜降《しもふ》り肉である。霜降りの牛肉が苦手な私だが、馬のほうなら大好物だ。冷凍にして、薄く削り、ショウガ醬油《じょうゆ》でいただく。

敗戦当時の新聞か、当節の人情のごとくに薄く切るのがコツである。

会津若松の馬肉は赤身だったが、トロリと柔らかくうまかった。値段を考えると、さて、どちらに軍配をあげたものか。

料理は結構だったが、部屋のクーラーが、べらぼうにきくのである。会津士魂《しこん》のごとき凜冽《りんれつ》の気が、まともに顔に吹きつけるのだ。

同行の仲間たちがいろいろ操作するが、頑《がん》として態度を変えない。ひょっとして藩政時代の製品かも。

「会津はクーラーまで頑固だなあ」

と、手を焼いたひとりがつぶやいたのがおかしかった。

「会津の三泣き」という言葉があるそうだ。新聞記者などが会津支局へ転勤となって泣く。エッ、そんな遠いところへいかされるのか、と。これでひと泣き。泣き泣き任地へおもむくと、これが人情あつく、まことに暮らしやすい土地柄。そこで思わず涙ぐむ。あー、住めば都だなあ、と。これがふた泣き。最後にまた転勤となって、本社へもどるときに大泣きする。このまま勤めをやめて、会津でモダンジャズ喫茶でもやろうか、などと心は千々に乱れて。

これで三泣き。

「おーい、冷房をなんとかしてくれー」

と、いくら泣いてもクーラーの風はとまらない。思いあまって電源を切ると、会津盆地は今年一番の暑気である。

おかげでクシャミと鼻水がとまらない。トホホ。会津はじつに泣かせる街ではありました。

カレーもいろいろ

日本文化は、五目チャーハンである。

最近、つくづくそう思うようになってきた。

昔、外国人に名刺を渡して、不思議そうな顔をされたことがある。

「中国の文字によく似てますね」

と、言われたのだ。

五木寛之
たしかにこれは漢字である。さて、漢字とは？　ためしに和英辞書をひいてみたら、「かんじ【漢字】Chinese character」と出ていた。チャイニーズ・キャラクターか。なるほど。

漢字は古代中国に生まれた。そして日本列島に渡来して、古くは真名《まな》とも呼ばれたそうな。

それに対して、ひらがな、カタカナなどの和製文字は仮名《かな》である。

漢字が本物で、かなは仮の文字、というニュアンスだろうか。

四十年ほど前、私が駆けだしの作詞家だったころ、「のぶ・ひろし」というひらがなのペンネームを使っていた。いまはチャイニーズ・キャラクターの看板をかかげている。

新聞をひろげてみよう。

朝日新聞、というのもチャイニーズ・キャラクターか。

日付は、2004年7月某日と、ここにはアラビア数字が使われている。おまけに横書きだ。

記事は漢字、ひらがな、カタカナのゴチャまぜである。なかにUFJとか、BSEとか、JRとか、ISAFとか、ローマ字が目立つ。

右から読んでいくタテ書き、左から読むヨコ書き。「電子メールは science@

asahi.com」などと、タテヨコ混合文もある。まさに自由自在。

時計の広告写真を見ると、文字盤にローマ数字が並ぶ。連載小説のなかで使われるのは、漢数字が多い。また、解説記事のなかには、

「その部門が我々の核能力（ニュークリア・ケイパビリティー）をコントロールしている」

などとカタカナ英語が半分以上入っている文章もある。

新聞はすでに私たちの生活の一部である。そして現代日本文化の鏡のようなものだ。私たちは、漢字、ひらがな、カタカナ、ローマ字、そしてアラビア数字、ローマ数字、漢数字などを、タテヨコ自在に使いこなして読み、かつ書く民族である。

若い子たちは、さらに絵文字、暗号文字、創作文字などを、活発にメールでやりとりしているらしい。

新聞だけではない。明治以来の日本文芸の世界も、詩、小説、戯曲、評論まで、このような雑多な文字を駆使してつくりあげられてきたのだ。

新聞のなかでも、ヨコ書きの分量がしだいに増えてきた。テレビのテロップはほとんどヨコだし、メールもインターネットもヨコである。

やがてすべての文章がヨコになる日がくるのだろうか。私はそうは思わない。雑多なものを一緒くたにして、流れるように器用に使いこなす文化には、独自のおもしろさがあるのではないか。

最近、日本人の宗教観というものをさぐる旅をしていて、つくづく感じるのもそのことだ。

先日、五穀米カレーというのをみつけた。米のほかに、麦、ゴマ、豆、などいろんな穀類がまじったカレーである。

これがなかなかうまい。二日に一度は食べている。これにラッキョウと福神漬けがついていれば、文句なしなのだが。

口寄せを聞きながら

恐山《おそれざん》の夏の大祭にいってきた。恐山は遠い。

弘前《ひろさき》で野暮《やぼ》用を片づけて、夕方、青森いきの電車に乗った。青森からこんどは東北本線で野辺地《のへじ》へむかう。そこからさらに大湊《おおみなと》線に乗りかえて、終点のひとつ手前の下北《しもきた》駅で降りた。やれやれ。

下北はＪＲの本州最北端の駅である。さすがに夜風が涼しい。車でホテルへむかう途中、人影のない町の通りに、ずっと提灯《ちょうちん》がともっているのが妙に淋《さび》しかった。

翌日は快晴。

ギラギラと照りつける直射日光を浴びて、三途《さんず》の川も、地獄谷も、宇曾利《うそり》湖も、液晶テレビの画面のように鮮やかだ。

そんな炎天下、イタコさんの口寄せを聞こうとする人たちが、長い行列をつくっていた。日傘をさしたり、頭に手拭《てぬぐ》いをのせたりして、何時間も辛抱づよくじっと待っている。

最近は若いチャーミングなイタコさんもいらして、人気を集めているという。念のため、いちばん長い行列の肩ごしにのぞいてみた。細面《ほそおもて》の雰囲気のある女性である。

うたうような口寄せの声に耳を傾けていると、なぜか先日、上野の東京文化会館ホールで聞いた『ゆったて哀歌集』の一節が頭のなかで聞こえてきた。

『ゆったて哀歌集』は、私がこれまで発表するあてもなくあたためていた四つの詞に、作曲家の三善晃《みよしあきら》さんが曲をつけてくださった合唱曲である。

三善晃さんといえば私が青年だったころ、土方巽《ひじかたたつみ》、寺山修司《しゅうじ》などとともに、遠い夜空の高みに輝く星のような存在だった。

それから半世紀ちかくたって、ご一緒に歌をつくることになるというのも、不思議なご縁、という気がしてならない。

そういえば、このところたてつづけに、暑さを忘れるような良い音を聞いた。ひとつは佐村河内守《さむらごうちまもる》さんのピアノ曲である。オリジナルの幻想曲『ジ・エターナル』と、『ソフィアの子守唄』の変奏曲で、ともに佐村河内さんみずからが演奏し、録音して送ってくださったものだ。

佐村河内さんは、独学で作曲家となった鬼才である。これまで難聴というハンディを背負いながら、多くの大作を世に送ってきた。

最近、不幸なことに残された聴力が完全に失われてしまったという。音楽家としては、ほとんど致命的といっていい状況である。

しかし、佐村河内さんは絶望しなかった。聴力を失ったと知った日、頭のなかに刻みこまれた音の記憶を手繰《たぐ》って、ベートーベンの『月光』を一気呵成《いっきかせい》に譜面に書きおこした。その楽譜を、もともとの『月光』の楽譜と丹念に照合してみたところ、一音のちがいもなく完全に一致したという。

耳で音を聞くことができなければ、心に聞こえる音をつづればいい、というのが佐村河内さんの覚悟にちがいない。

今月はもうひとつ、忘れられない音を聞いた。

山形市の「蔵　オビハチ」という店で、本田竹広《たけひろ》さんの小さなコンサートがあったのだ。

本田さんも私の若いころから第一線で活躍してきたジャズピアニストである。

何十年も前、新宿の「ピットイン」以来の再会だった。

その間、ずいぶんいろんな出来事があったらしい。二度にわたる脳内出血から再起しただけでも凄《すご》いが、いまは週に二回、透析《とうせき》に通《かよ》いながら演奏活動をつづけているという。

こんど聞いた本田竹広さんのピアノは、じつに人間的で、深い音だった。

音楽も口寄せだな、とふと思った。

（本田竹広さんは二〇〇六年一月に逝去されました。つつしんで浄福を念じます）

ストレスとともに生きる

ガンの発生はストレスが原因である、という説がある。

なかなか説得力のある論で、共感できるところも多い。

私はずっと以前から、ガンと人間の心のあいだには、深い関係があると確信してきた。だからストレスがガンを招くという説には、全面的に賛成である。

しかし、これはどうかな、と思う点がひとつあって、それだけはどうしても納《なっ》得《とく》がいかない。

それは、ストレスがガンの引き金になるのだから、それを避けるためにはまずストレスを遠ざけなさい、という意見である。

これはガンの問題だけではなく、すべてにつけてよく言われることだ。

ストレスをへらすこと。それが健康につながる大事な方法である、とこれまで耳にタコができるほど聞かされてきた。

だが、実際にストレスをへらしたり、なくしたりすることがはたして可能だろうか。

私はそんなことはできないと思う。

私たちは日常、たしかに無数のストレスを受けながら生きている。私など、毎日、気が狂いそうになるほどのストレスの渦のなかで暮らしている。

それらのストレスをなくすことは無理でも、へらすことはできないものだろうか。

私はできないと思う。

抱えているストレスをひとつへらせば、待ってましたとばかり新しいストレスが押しよせてくる。空席を待ってウエーティングしているストレスが山ほどあるのだ。

まあ、一歩をゆずって個人的なストレスを大幅に切り捨てたとしよう。

それでストレスがなくなるのか。身辺を整理して、晴耕雨読の生活に入ればストレスは消えるか。

絶対にストレスはへりはしない。

なぜかといえば、私たちは人間として生きているからである。そして想像力と、共生感覚をあたえられた存在だからだ。

「衆生《しゅじょう》病むがゆえにわれ病む」

という言葉が、ふと頭に浮かぶ。

毎朝の新聞を読み、毎晩のテレビを見て、なんともいえない気持ちになるのが、自然な人間の心のありようではないのか。

自分の生活のストレスをすべて排除したとしても、それで心が安らかでいられるわけがない。

こんな時代に生きていて、なんのストレスも感じないでいられるとしたら、それはすでに病気である、と私は思う。

心の優しい人、人間的な感性を失っていない人ほど大きなストレスを背負うことなるのだ。母親が子供を虐待死させるニュースにも、いつのまにか耐性ができてしまった自分にストレスを感じる。

孫を殺そうとした祖母の事件も、三日もたてば忘れそうになる世間にストレスをおぼえる。

アテネオリンピックの賑《にぎ》わいのなかで、史上空前の三万四千四百二十七人という自殺者の数が、ほとんど話題にならないことにストレスを感じる。

ストレスをなくせ、という意見は、私にはどうもピンとこない。

むしろ自分をとりまく時代の状況に、つよいストレスを感じて大きなため息をつく人のほうが、ガンになりにくいのではあるまいか。

「衆生病むがゆえにわれ病む」

こんな時代には、むしろ病んでいることのほうがすこやかなのだ。

山のようなストレスを抱えて、自分にそう言いきかせながら生きている。

二十五年間の夜の終わりに

私がラジオの世界とかかわるようになったのは、あれはいつごろからのことだったのだろうか。

はっきりした記憶はないが、たぶん二十代の半ばぐらいの時期だったように思う。

最初は文化放送の交通ニュースのＣＭをつくる仕事をやっていた。

その後、ラジオ関東の仕事を手伝いはじめたのが、本格的にラジオとの縁が生じた第一歩である。

当時、横浜にできた地方局、ラジオ関東は、まさに飛ぶ鳥を落とす勢いの若々しいラジオ局だった。

まったく新しいスタイルのトーク番組「きのうの続き」だとか、「ポート・ジョッキー」だとか、じつに新鮮で興味ぶかいヒット番組がずらりと勢ぞろいして人気を集めていた。

番組の冒頭で流れる汽笛の音に、どうしても本物のクイーン・エリザベス号の汽笛の音を使いたいというので、ロンドンまでエンジニアとディレクターが出張したなどという伝説はつくり話だとしても、そのころのラジオ媒体の威勢のよさをうかがうことのできるエピソードだろう。

金もあったし、時間も、エネルギーも、人気もあった。まさにラジオの青春期といっていい時代である。

私がかかわっていた番組は、そんな華やかな世界とは関係のない、地味な録音構成番組だったが、それでもメディアの青春期と自分のそれとが重なっていたというのは、なんという幸運な体験だったことだろう。

深夜の野毛山《のげやま》のスタジオで、録音したテープを爪《つめ》でこすって編集しながら、横浜港から流れてくる霧笛の音を聞いていたころのことをいまでもまざまざと思いだす。

当時、ほとんどタダ同然のギャラで仕事を手伝っていただいた若い作曲家たちも、いまはみな堂々たる大家である。『上海バンスキング』の音楽で一世を風靡《ふうび》した越部《こしべ》信義《のぶよし》さんや、『鉄腕アトム』の作曲家の高井達雄さんなども、みなそのころの仲間だった。

その後、NHKのラジオ番組の構成をやるようになって、TBSや、大阪のABC朝日放送の仕事なども手がけるようになった。

深夜のディスク・ジョッキー番組では、坂本九ちゃんにロシアの流行歌をうたってもらったり、銀巴里《ぎんパリ》の歌手たちに出演してもらったりもした。いまでいうと一青窈《ひととよう》みたいな個性的なシャンソン歌手だった若き日の戸川昌子さんを、番組にスカウトしようとして失敗したこともある。

そういえば、その番組のナレーションを担当してくれたのが、当時のNHKのマドンナといわれた下重暁子《しもじゅうあきこ》さんだったことなども懐かしく思いだす。

やがて小説の世界へ転進したのちも、ずっとラジオとの縁は切れなかった。ラジオという世界に奇妙な愛着を感じていたからである。

やがて、一九七九年の秋から、TBSラジオで「五木寛之の夜」という番組がスタートした。

勝手気ままなアドリブの喋《しゃべ》りを音楽でつなぐ深夜番組である。毎週、日曜日の夜に放送されるこの番組は、とても楽しい仕事だったが、この九月いっぱいで終了することとなった。

思えば、満二十五年間つづいたことになる。四半世紀のあいだ一度も番組を休まなかったというのは、よほどラジオが性に合っていたからだろう。スタッフもみんな気持ちのいい連中ばかりだった。

夜の終わりは朝の始まりである。たぶん、これからもずっとラジオとの縁は切れないのではあるまいか。

和讃から『女人高野《にょにんこうや》』へ

私は歌謡曲大好き人間である。

歌謡曲のない日本列島には住みたくない、と思っているぐらいだから、かなりのものだ。

子供のころから軍歌より歌謡曲のほうが好きだった。学生時代も、労働歌や、『インターナショナル』より歌謡曲のほうに心ひかれることが多かった。

もっとも、それをおおっぴらに口に出すようになったのは、三十代を過ぎてからのことである。若いころは、頭の奥に、なんとなく流行歌や歌謡曲に対するうしろめたさが巣食っていたのだろう。

新人作家としてデビューしてまもなく、故・羽仁《はに》五郎さんと週刊誌で対談させていただいたことがあった。羽仁さんはそのころ、『都市の論理』など一連の著作が学生たちに大受けで、さながら若い知識人のアイドルのような存在だったのである。「絶望的青春論」と題するその対談が掲載されたのが「週刊現代」だったことをもってしても、当時の羽仁さんの人気がうかがえるだろう。

その席で羽仁さんは、ワインを飲みながら日本の歌謡曲を徹底的に批判してうまなかった。話が美空ひばりのことになると、羽仁さんは私を挑発するように、こう言った。

「美空ひばりなんて、きみ、ありゃあ日本の恥だよ」

「そんなことはないと思います」

「いや、ああいう歌がはびこっている間は、日本の近代化なんてありえない。そうだろう、イツキくん」

そのとき私がどう反論したかは、いまはもう記憶に残っていない。しかし、その対談は、若い読物作家と代表的知識人とが正面から喧嘩《けんか》腰《ごし》で渡りあった特集記事として、かなり話題になったように憶《おぼ》えている。

いま、それを思いだすと、なんとなく羽仁さんが懐かしくなってくる気持ちがある。あんなふうに年少の作家に対して戦闘的であるということは、ある意味で、とても親切なことなのかもしれない。

最近、若い人との対談の席で、しゃべるより聞く側にまわり、適当にあいづちを打つことが多くなってきた自分を、こんなことじゃ駄目だぞ、羽仁さんをみろ、と反省したりもするのである。

ところで、羽仁さんの批判はともかく、美空ひばりという歌い手に対して、以前から私はずっと愛憎二筋のこんがらがった感情を抱いてきた。

なんと凄《すご》い歌い手だろう、としんから思う。そのくせときどき、おいおい、やめてくれよ、と心のなかでつぶやいたりもするのだ。

彼女の無数の作品のなかで、私には好きな歌と、そうでない歌がある。美空ひばりの歌であれば何もかも全部、というような純情なファンではない。

私は若いころ、すぐれた作曲家であった故・米山《よねやま》正夫さんと、何度か歌の仕事をご一緒したことがあった。

米山さんは本当に才能のあるアーティストだったと思う。『山小舎《やまごや》の灯《ともしび》』のようなメジャーコードの明るい作品も書けば、『車屋さん』のような日本調の曲もつくる。また『津軽のふるさと』なども米山さんの忘れられない傑作のひとつだ。

ホセ・カレーラスやドミンゴなど、最近は来日した外国のオペラ歌手がサービスに日本の歌をうたうことがある。そんなときにどうして『津軽のふるさと』をうたわせないのかと、ずっと不思議に思っていた。

いちどその美空ひばりさんご本人と、雑誌の対談をしたことがあった。そのとき私が『津軽のふるさと』のことを手ばなしでほめると、彼女はうなずいて聞いているだけだったが、ひと月ほどたってテレビでその歌をうたっていたので、とてもうれしい気がした。対談のあとに彼女からもらった手紙に、そのことが予告してあったからだ。

先日、深夜にNHKのBS放送で釜山《プサン》のアジア大会の開会式（二〇〇二年九月二十九日）をみていた。ベートーベンの有名な合唱曲がスタジアムに流れ、アジア各国の選手団が入場してくる。どうしてこの場面でベートーベンなんだろう、と、首をかしげながら眺めていたら曲が変わった。

どこかで聞いたことのあるメロディーである。しばらくして、それが韓国歌謡の『帰れ、釜山港へ《トラワヨプサンハンエ》』であることに気がついた。あまり堂々とした格調のある編曲なので、最初はピンとこなかったのである。

もちろん釜山《プサン》が開催地だったこともあるだろう。しかし、ご当地ソングだからというだけで選曲したのではあるまい。じつにのびやかでスケールの大きな演奏だった。それを聞きながら、いろんなことを思いだした。

以前、韓国の金大中《キム・デジュン》大統領がピョンヤンを訪れて金正日《キム・ジョンイル》総書記と対話をしたとき、談笑のあいだに金総書記が、

「趙容弼《チョー・ヨンピル》は活躍してますか」

と、いうような意味のことをたずねたというエピソードが新聞にのっていた。

趙容弼は巷《ちまた》の流行歌の『帰れ、釜山港へ』を現代的なアレンジでうたって大ヒットさせた歌手である。

そのころ、ＮＨＫの紅白歌合戦に、彼が外国人ゲスト歌手として出場したことがあった。当然、『帰れ、釜山港へ』をうたうだろうと思っていたら、ちがう歌をうたったので意外な気がした。それは哀調をおびたなかにも、つよいものを感じさせる歌で『恨五百年』とテロップに題名が出た。恨と書いて韓国ではハンと読む。民族の精神的文化とでもいうのだろうか。歴史の痛みの記憶が伝承されて、体の深いところを流れる感情のことだろうと思う。

話がそれたが、美空ひばりさんとの対談のおりに、その歌のことで、私が図々《ずうずう》しくも天下のひばり嬢に苦言を呈したことがあった。

正確には憶《おぼ》えていないが、その席で私が言ったのは、たぶんこんなことだったと思う。

彼女がうたってアルバムに収めてある『釜山港へ帰れ』について、あなたのうたいかたは、なんとなくスケールが小さいような感じがする、と言ったのだ。ひばりさんは黙って首をかしげて聞いていたが、それはなぜだと思いますか、と逆に私にたずねた。

「男と女のラブ・ソングとしてだけうたってらっしゃるからじゃないでしょうか」

彼女がそれに対してなんと言ったかは、長くなるから書かない。対談を終わって、別れぎわに小声で彼女は私に言った。

「歴史とか、民族とか、そういうことは、わたし、うたうときはできるだけ考えないようにしてるんです」

やはり美空ひばりさんという人は、大した人だったと思う。羽仁さんが生きていらしたら、もう一度、そんなこともまじえて日本の歌謡曲について論じてみたかった。

ところで、私のような歌謡曲ファンにとっては、この十年あまり、なんとなく淋《さび》しい時期がつづいている。

いわゆる歌謡曲の世界に、いまひとつ元気がないのだ。じれったくて外野席から声援をおくっても、なかなか情勢は変わらない。

こうなったらみずから古池《ふるいけ》に飛びこむカワズになって、歌謡曲の世界に波紋をたてるしかあるまいと、おこがましくもまたぞろ流行歌をつくることにした。古希を迎えた小説家のいたずらを、世間は笑って見逃してくれるだろうとひそかな心算もある。

さて、ところで、いったい何を背景にするか。

港、海峡、桟橋、空港、連絡船、夜汽車。どれも歌謡曲の定番だが、やはりなんとなく気がひけて仕方がない。

そこで、寺、というのが私の選んだキー・ワードである。寺が歌謡曲になるのか。

奈良に室生寺《むろうじ》という寺がある。日本でいちばん小さくて優美な五重塔《ごじゅうのとう》があることで有名だ。全体につつましく、ひっそりとしたたたずまいが私の好みである。弘法大師《こうぼうだいし》空海《くうかい》の高野山《こうやさん》がかつて女人禁制《にょにんきんせい》の聖域だったころ、真言《しんごん》密教の寺のなかで女性の入山、参籠《さんろう》を認めたのが、この室生寺であったそうな。

悩み多き女性たちの心を寄せる山間《やまあい》の寺、室生寺。いつしかその寺は「女人高《にょにんこう》野《や》」と呼ばれて、能や古典の題材にも多くとりあげられてきている。

『女人高野《にょにんこうや》』

それが私が考えた歌のタイトルである。歌謡曲といえば、昔は七五調が主流だった。いま七五調を古いと笑う気持ちは私にはない。私の敬愛する親鸞《しんらん》の大きな仕事、和讃《わさん》の作品は七五調が基本である。

歌謡曲の源流を和讃、ご詠歌《えいか》、と考える私にとって、七五調は念仏のリズムである。

念仏踊りといえば、なんとなくゆったりした風雅な踊りを連想しそうだが、そうではない。一遍上人《いっぺんしょうにん》がプロモートした信州の念仏踊りのパーティーでは、熱狂した踊り手が寺の床を踏み破ったと伝えられる。ラップの源流は念仏踊りにあったと言っていい。

寺を主題にした『女人高野《にょにんこうや》』の古風な歌詞に、意外性のあるメロディーと強烈なリズムがついて、とてもおもしろい歌になった。

室生寺の仏さまも、さぞかしびっくりされることだろう。

『旅の終りに』の始まり

「最近のイツキさんのお仕事を見てますと、どうも抹香臭い話が多いようですね」

と、古いつきあいの新聞記者に言われた。

「そんなことはないと思うけど」

「でも、蓮如《れんにょ》とか、親鸞《しんらん》とか、タンイ抄とか、そんな話題がしょっちゅう出てくるじゃありませんか」

ちかごろ万葉集をマンバシュウと読む大学生もいるという。新聞記者が歎異抄《たんにしょう》をタンイ抄と読んでも、それほど驚くにはあたるまい。ましてこの相手は、私の蓮如についての本を読むまで、蓮如を女性と思いこんでいたという、つわものである。レンニョという語感から、なんとなくそう信じこんでいたらしいのだ。

「小説家は書くものに色気がなくなったらおしまいですからね」

と、その男は自信たっぷりの口調で言う。

「むかしのイツキさんの作品には、けっこう色っぽい描写があったのになあ」

色っぽい、というより、イヤラシイ、といったほうがいいのかな、と独りごとのようにつぶやいてほくそえむと、

「作家は枯れちゃだめ。死ぬまで色っぽい話を書かなきゃ」

古いつきあいの相手とはいえ、そこまで断定的な言いかたをされたのでは、反論せざるをえない。

「仏教といえば、すぐに抹香臭いという連想は、幼稚すぎるんじゃないのかね。洋の東西を問わず、宗教ってのは本質的にエロチックなものなんだ。親鸞だって蓮如だって、思わずどきりとするような色っぽい話はいくらでもある。親鸞の六角堂の夢告げのケースなども、読んでいて体が熱くなるような感覚があるだろう。あのくだりを読んで、厳粛な感動にひたったり、語義の解釈に頭を悩ませたりす

るのもいいが、それよりもまず、息のつまるような官能的なものを感じないようじゃ話にならん。法然《ほうねん》も、一遍も、一休も、良寛《りょうかん》も、とてもセクシーな宗教者だった。蓮如は、言わずもがなのお人だ。みんなきみが考えているような優等生ばかりじゃない。そこが凄《すご》いんじゃないか」

「うーん、そういえば、とびきり性エネルギーの強い人間が、政治家とか宗教家になるといいますからね」

「ぼくの考えでは、性エネルギーの弱いタイプが新聞記者になるんじゃないか」

「いや、それはちがいますよ。仕事で酷使されてるうちに結果としてそうなるだけです。やれやれ」

記者が退散したあと、あらためて彼の指摘について考えてみた。彼の見かたも、わからぬではない。世間はどうしても概念でしかものを見ないものである。宗教といえば、何かアブナイ世界、仏教といえば陰気で淋《さび》しいもの、そんなふうに受けとりがちだ。

私はかねてから、そういう見かたに釈然としないものを感じていた。五年前、前進座《ぜんしんざ》のために『蓮如——われ深き淵より』という芝居を書いたときには、そこを突き破ってみたいと、不逞《ふてい》なもくろみを抱いて執筆にとりかかったものである。

奇怪な法師のかなでる琵琶《びわ》の音《ね》とともに、裸の蓮如が宙に浮かぶ女体とむきあう場面を設定したのは、そのためだった。私としては男性たると女性たるとを問わず、それを見ている観客全員に、あやしい情動を体で感じてもらいたかったのだ。

裸の蓮如ひとりが、そこで逆らいがたい官能の目覚めに狼狽《ろうばい》するだけでは話にならない。

客席の初老のおっさんたちまでが狼狽するようであってこそ、この芝居は成功するのではあるまいか。

実際には私のその陰謀は、ほとんど成功しなかったように思う。一年間に三百回以上の公演が実現したということは、たしかに画期的なことと言っていい。客演の篠井《ささい》英介さん、長嶺《ながみね》ヤス子さんお二人の好演も、舞台に異様な情感をかもしだして好評だった。

しかし、ひそやかないたずらの仕掛人である私としては、いまひとつ不満が残った。それは舞台になまなましいエロチシズムが十分に表現できなかったことである。その場面が淫靡《いんび》であればあるほど、念仏の聖性が輝きを増すのだ。

前進座の創立七十周年記念公演のひとつとして、『旅の終りに』という徹底した大衆劇を書いた。前・後篇の二回にわけて「オール讀物」誌上に連載し、それが舞台になった。

この芝居を実際に上演するにあたっては、さまざまな難しさがあった。金をふんだんに使える大劇場制作の公演ではない。若い層に人気のあるアイドルを起用できるわけでもない。

旅回りの地方公演も多いので、上演時間もタイトである。その晩のうちにセットを解体して、トラックで次の会場へ移動させたりもするのだ。舞台美術、照明、音響なども苦しい予算のなかでやりくりしなければならない。あまりマス・メディアに登場することのない劇団であるからして、パブリシティーや宣伝力も限られている。

しかし、折角やるからには何か新しいことをやってみたかった。スタイルの新しさといったものでなく、これまでの戦後の芝居がやらなかったような試みを実践してみたかったのだ。

自分の話で恐縮だが、私は六〇年代の半ばに新人としてデビューしている。そのとき最初の作品集の〝あとがき〟で、こんなふうに書いている。

自分は文学をやるつもりはない、「読物」を書くのだ。月並みな物語、手垢《てあか》のついた文体、そしてメロドラマチックな構造を駆使して、六〇年代に一瞬だけ花火のように咲いて散る仕事をしたい。それが新人としての私の野心だ、と。

手段としての通俗に徹する、というその考えは、いまもほとんど変わっていない。変わったのは、サブカルチュアが非公認の穢《けが》れたものから、世間に公認される明朗なものになりはてたことだろう。

当時、エンターテインメントという言葉は、ものを書く人間にとって、口にすることすら恥ずかしく、抵抗を感じさせるセリフだったのである。それから三十有余年、何を言っても嘲笑《ちょうしょう》されたり、呆《あき》れられたりする心配のない時代になったことは、はたしてよかったのか、悪かったのか。

しかし、それでもなおいまも「馬鹿にされる世界」というものは、わずかではあるが残っている。たとえば、演歌・歌謡曲の分野などがそうだ。

かつて藤圭子《ふじけいこ》の「怨歌《えんか》」が全共闘の学生たちにまで口ずさまれた時代を遠くはなれて、いまやそのジャンルはNHKのBS放送などでわずかに生き残っているだけだ。

都会のレコード店では、当世ふうのCDの売場とは隔離された端っこに、演歌・歌謡曲のテープやCDが置かれている。店によってはまったく置いていないところもある。すでにこの分野は、高齢者むき、地方むけの特別なジャンルとしてあつかわれているのが現状だろう。

そこまで世の中から疎外されてしまった現状をみると、むらむらと興味が湧《わ》いてくるというのが、私の困った癖なのだ、学生時代、アメリカ帝国主義の退廃した文化形式、ときめつけられていたジャズに関心を抱いたのもそうだった。デモの帰りに、こっそりジャズ喫茶に通った日々のことを思うと、なんとなく苦笑がこみあげてくる。

タンゴがほとんど忘れられかけていた時代に、タンゴだ、タンゴだと、大声で叫びまわって、タンゴの本や、小説や、テレビの原作などを書いたこともあった。私が「怨歌論」を書いたのは、まだ演歌・歌謡曲が恥ずかしいものとして知識人のあいだで無視されていた時代である。

「美空ひばりが人気があるあいだは、日本に民主主義は存在しない」

と断言したのは羽仁《はに》五郎さんだったし、しばしば私にコンラッドの話などをしてくださった中野好夫さんも、

「流行歌は便所みたいなもんだね。なくっちゃ困るが、表に出すもんじゃない」

と、言っておられた。

しかし、やがて演歌・歌謡曲を、日本人の心の歌とか、ナショナル・ミュージックとして大げさにもてはやす時代がくる。そうなると、また困った癖で、「な

にを偉そうに」と、そっぽをむいてしまう。

それ以来、ずっと歌の世界にかかわりあってはいたものの、永遠のマイナー系であるファドとか、ギリシャ音楽とか、またイスラムのアレヴィーの歌などに興味を抱きつづけるのが関の山だった。

そして現在、ふと周囲を見回すと、そこに絶滅寸前の演歌・歌謡曲の世界があった、というわけだ。なにが絶滅寸前だ、大劇場のスター歌手の公演は超満員だぞ、と、反論されるかたもいるだろう。しかし、そういうことで満足している世界だからこそ、確実に世間から見放されてゆくのである。

と、いうわけで、私は前進座の新しい芝居を引き受けるにあたって、ちょっと大げさだが「平成梁塵秘抄《りょうじんひしょう》劇シリーズ」と銘うって、その第一回に歌謡劇を書くことにした。徹底した大衆劇スタイルのメロドラマで、演歌・歌謡曲を劇中でがんがん流す。新国立劇場での公演もあるとなれば、国立の舞台に初登場のヌード・ショウの場面も出したい。古典歌舞伎《かぶき》を表芸《おもてげい》とする前進座に、それをやってもらうところがミソである。

とにかく識者の顰蹙《ひんしゅく》を買うことを目的として、第一稿を書きあげた。『旅の終りに』というのが、その芝居の題名である。

無くて七施《ななせ》

お布施《ふせ》のもらいかたが日本一見事だった、といわれるのが暁烏敏《あけがらすはや》である。この人は真宗大谷派の僧で、石川県出身の高名な宗教家だった。清沢満之《きよざわまんし》門弟の北陸の三羽烏《さんばがらす》のひとりだが、不思議な人物である。明治、大正、昭和と三代生きて、戦後の昭和二十九年に亡くなった。『歎異抄《たんにしよう》講話』など著作も数多く、熱烈な信奉者はいまも少なくない。

私は以前、この人のことを「ドストエフスキーの作品中の人物のような」と書いたことがある。

独特のカリスマ性をもち、熱気のある念仏者だったが、スキャンダラスな話題にもこと欠かなかったからだ。

真宗系の宗教家には、一般的に生真面目《きまじめ》な雰囲気の人が多い。その点、暁烏敏は自由奔放というか、一種、芸術家肌の気質を感じさせるところがあって私は好きだ。

金沢大学の図書室には「暁烏文庫」というコーナーがあった。旧金沢城址《じょうし》にあったその大学の図書室には、若いころよく通ったものである。

暁烏敏の蔵書を保管するその文庫には、なぜかロシア文学関係の本も揃《そろ》っていたからである。のちに彼が若いころ東京外国語学校でロシア語を学んだ時期があったことを知って、なるほど、と納得《なっとく》した。

私は暁烏の思想にくわしいわけでもなく、著作のすべてに目を通しているわけでもない。ただ小説家として彼の人間像にずっと興味を抱いてきただけのことである。そんな私にとって、「お布施の受けとりかたがじつに見事だった」というエピソードは、印象ぶかい話だった。

惜しくも癌《がん》で亡くなった作家、石和鷹《いさわたか》にその暁烏敏のことを話したのは、彼が泉《いずみ》鏡花賞《きようか》の授賞式で金沢にやってきた夜のことではなかったか。石和さんはまだとても元気で酒もつよく、病気などには縁のない人に見えた。のちに彼が暁烏敏についての小説を書いたときには、うれしいような、残念なような、複雑な気持ちで読んだことを憶《おぼ》えている。亡くなる前に石和さんが病院からくれたハガキには、「暁烏敏や親鸞のことを、もっと勉強したかったと思うばかりです」といった意味の言葉がつづられていた。

話がそれたが、このお布施のもらいかたというのは、お坊さんにとってはなかなか難しいものらしい。出すほうの私たちにしても、なんとなく気になるところである。いったいどのくらい包めばいいのか、また、どんなタイミングでお渡しすればいいかと迷ったりもする。

お布施を包む紙の上にはなんと書くのが正しいのだろうかと、私も困ったことがあった。そして斑鳩《いかるが》の誓興寺のご住職におたずねしてみた。お渡しする相手にそんなことをきくのは、ぶしつけもいいところだが、そこは熊襲《くまそ》の末裔《まつえい》のことであるから大目に見ていただく。

「いろいろ説がありますが、まあ、あっさり〈上〉と書かれたらいかがですか」

「〈上〉だけで失礼にはあたらないでしょうか」

「そんなことはありません」

と、いうわけで、私はそれ以来いつも〈上〉ですませることにしている。なによりも簡単なところがいい。布施というのが、本来は「布施行《ふせぎょう》」という「行《ぎょう》」のひとつであるということも、そのとき教えていただいた。

これはよそで聞いたことだが、昔お坊さんのあいだではお布施の額について、寿司屋の符丁のような専門語を使った地方もあったらしい。たとえば自転車に乗ったお坊さん同士が道ですれちがって、短い会話をするとしよう。

「これはこれは。どちらまで？」

「はい、あちらまで。そちらさまは？」

「ええ、わたしはこちらまで。で、あちらのほうはいかほど——」

「そうですな、ま、テンムダイというところでしょうか」

「わたしのほうはテンムジンで」

「それはそれは。では」

「では」

と、両者丁重に挨拶《あいさつ》して別れる、というのは私の勝手な妄想だが、テンムダイは天無大。〈天〉という字から〈大《ダイ》〉を無くすと、残るのは〈一〉である。テンムジンは同じように〈天〉から〈人《ジン》〉を引く。答えは〈二〉となる。そのほかいろいろあるらしいが忘れてしまった。憶えているのは、「ワレムコウ」と「ハトムチョウ」ぐらいである。〈吾《ワレ》〉から〈口《コウ》〉を無くすと〈五〉。〈鳩〉から〈鳥《チョウ》〉をとりさると〈九〉か。

まあ、お坊さんが指を一本立てたり、二本出したりするよりよほどいい。どことなく風流な感じもして、お坊さんに親しみをおぼえたりもするのである。鳩無《ハトム》鳥《チョウ》、などと言うといかにも教養ありげで、胸を張って堂々と情報交換もできそうだ。

お坊さんにとっては、お布施を受けとるときの態度がまた大事である。

仏壇の端のほうにさりげなく置いておくような場合はいいが、直接にお渡しするときもある、無言で、ふむ、と鼻を鳴らしてふんぞり返るような尊大な態度に渡したほうが内心むっとすることもないではない。

逆に、大げさに礼を言われたり、領収証はお要りですか、などときかれたりするのも、いかにも興ざめだろう。

暁烏敏はそこが見事だった、というのが伝説のひとつである、

「やあ、ありがとう」

と受けとって、すっと懐《ふところ》に入れる。その呼吸が少しも傲慢《ごうまん》でなく、といって卑屈でもなく、じつに自然で美しかったというのだ。さしだしたほうも胸がすく所《しょ》作《さ》で、ああ、よい布施をさせていただいた、うれしい、という気持ちになる。思わず手を合わせて頭をさげてしまう。

じつは、布施という行為には、そこが大事なことであるらしい。布施は布施行だと前に書いたが、これにもいろんな説や、考えかたがあるようだ。

一般には布施はサンスクリットの dāna の訳とされている。ダーナは音訳されて檀那《だんな》と書かれた。檀那寺とか、檀家《だんか》とかいうのはその辺からくるのだろう。

「ちょいと旦那《だんな》、寄ってらっしゃいな」

などという旦那も、dānapati の略であるとなれば、昔は袖《そで》を引くにも格調があったものだと感心する。いまでは海外でも「シャチョーサン」がもっぱらだ。

以前、インドへ旅行したとき、大勢の物乞《ものご》いに取り囲まれて、身動きがとれなくなったことがある。

最近ではインドもITブームとやらでずいぶん変わったらしい。しかし当時は、手足の不自由な子供たちを先に立てて、物乞いの集団が観光客の後をついて回ったものだった。

現地でやとったガイドが目を三角にして私たちを叱《しか》るのである。どんなにかわいそうでも小銭をあたえたりしてはいけない、渡した金はすべて物乞い集団の職業的ボスの手に吸いあげられて、子供たちには渡らないのだから、と。

しかし、皆とはなれて仏跡をそぞろ歩いているとき、ふっと赤ん坊を抱いた痩《や》せた女性が目の前にあらわれたりする。目だけ大きな枯木のような手足をした赤ん坊が母親と一緒に、じっとこちらをみつめる。そんな状況では、黙って手をさしだす相手に首をふって背中をむけることは難しい。つい、財布から小額の紙幣をとりだして渡してしまう。

するとさしだした紙幣を受けとった女性は、見事に無表情にきびすを返し、傲然《ごうぜん》と顎《あご》をあげて足ばやに立ち去ってしまうのだ。こちらのほうで勝手に期待している感謝のサインなど皆目なし。せめて軽くうなずくか、サンキューとつぶやくか、目だけでも微笑するか、当然それくらいの反応はあるだろうと思いこんでいた当方は、なんだか裏切られたような気分になってしまう。一緒にいた連中は、みんな同じような体験をしたらしい。

「ガイドの言うとおりね。もう私、絶対にお金なんか出さないから」

などと口走っているご婦人もいらした。

しかし、あとでそのガイドに教えられて反省したのだが、そんな私たちは布施ということの本意を、まったく誤解していたのだった。

布施とはただ貧しい人や僧の共同体を応援することではない。それは出家して戒を守り、信仰一筋に生きることのできない世俗の私たちにもできる、ひとつの行《ぎょう》であると知れば、なるほどと思う。

布施をしてむくわれるのは自分なのだ。相手はその機会をこちらにあたえてくれたわけだから、感謝しなければならないのは私たちのほうである。

布施を受けた側は平然と立ち去っていけばよい。そのうしろ姿に合掌して、ありがとう、と頭をさげるのが布施をした側の作法である。それを小銭をあたえて感謝のリアクションがないと怒るのは、とんでもない問題であるらしい。

インドの商人のなかには、毎日、夜明け前に起きて袋に小銭をつめ、街路に眠っている貧しい人たちの枕元《まくらもと》にそれを置いては合掌して回ることを行としている人もいる、という話だった。そんなふうに現地のガイドに教えられて、さて私たちご一行様はその後はどうしたか。これが見事に布施をしなくなったのだからおかしい。

この布施には、金銭を出すこと以外にもいくつかの種類があるという。一般にいうお布施は財施《ざいせ》。それ以外にも、法施《ほうせ》、そして無畏施《むいせ》というのがあり、これを総称して三施《さんせ》というらしい。

しかし、私が興味をもっているのは、それほどの財もなく、智慧《ちえ》も、慈悲心も

ない人間にもできるという「無財の七施《しちせ》」という都合のいい布施行である。その「無財の七施」とは、

一、眼施《がんせ》（あたたかく相手をみつめる）
二、和顔悦色施《わがんえつじきせ》（にこやかにほほえむ）
三、言辞施《ごんじせ》（優しい言葉をかける）
四、身施《しんせ》（精いっぱいお世話をする）
五、心施《しんせ》（いたわりの気持ちで接する）
六、床座施《しょうざせ》（他人に席をゆずる）
七、房舎施《ぼうしゃせ》（あたたかく人を部屋に迎える）

などの行のことだ。この話をすると、誰もが「自分にはそっちがむいてる！」と叫ぶ。
とくに色好みの男どもは、とたんにニコニコするのだから救いようがない。こ

とに七施のなかでも、和顔悦色施と、身施と、房舎施がことのほか気に入ってい
るらしいのはいかがなものだろうか。

マウイ島の倶会一処《くえいっしょ》

どれくらい以前のことになるだろうか。ハワイのマウイ島にしばらく滞在したことがあった。

そのころのマウイ島は、じつにのんびりした島だった。なにしろ島全体で、道路の信号がひとつしかなかったくらいである。

その唯一の信号のあるラハイナのあたりも、何軒かの土産物屋とレストランがあるだけで、昼間は眠ったように閑散としていた。

水平線のかなたに夕日が沈む時刻、レストランはちょっとした賑《にぎ》わいをみせる。アロハシャツ姿の観光客たちが、ビールを飲みながら落日の風景を眺めようと、三三五五あつまってくるからである。

最近のマウイは大変なことになっているらしい。昔はオアフ島から小型の旅客機が飛んでいるだけだったし、飛行場は風がつよく、横風のなかを何度も着陸をやりなおすことがしばしばだった。飛行場の建物自体が、バラックのような粗末なものだったのだ。いまは日本からの便も出ており、豪華なホテルやゴルフコースもずいぶんふえたらしい。

『白鯨《はくげい》』を書いたメルヴィルにゆかりのある島、などといった文学的なマウイのイメージは、いまはもう遠くへかすんでしまっているのではあるまいか。

当時のことだが、私が泊まっていたホテルからラハイナへいく途中の海岸で、ある日、不思議な光景を見た。

ビーチから古い朽ちかけた木の桟橋が長く海中にのびている。そしてその桟橋の左右に、無数の墓標が、なかば砂に埋もれながら並んでいるのだ。

降りそそぐ陽光のもと、びっしりと並んだ墓標の列は、しんと静まり返っていた。その墓標に漢字が書かれているのが見えたので、私は車をとめてその砂浜に近づいていった。

風雨にさらされて判読できない文字もある。倒れて砂に埋もれかかっている墓標もある。ずっと眺めていくと、その墓にはすべて日本人の名前が書かれていることがわかった。没年と年齢、そして出身地がしるされている。

いちばん多いのが広島県の出身者だった。そして北陸の県名も少なからず見られた。

「昔の日本人たちの墓だ」

と、後からやってきた現地のドライバーが言った。

「みんなパイナップル畠《ばたけ》や砂糖きび畠で働いてたんだ。年寄りの話じゃ、たくさん死んで、しょっちゅう焼いてたらしい。その灰が飛んできてラハイナの店の屋根に降ってくると、雪が降ってきた、なんて冗談を言ったそうだよ」

この桟橋は日本の方角にむけて作られているらしい、と、彼はつけくわえた。

「こんど大きな新しいホテルができるんでね。いまブルドーザーでビーチをならしてるところなんだよ。なんでもこの辺は駐車場になるんだって」

それらの墓標のほとんどに「南無阿弥陀仏《なむあみだぶつ》」という文字が書かれており、真宗の門徒たちの墓であることがわかる。

明治以来、海外へ出ていった人びとのなかには、真宗の家族たちが際だって多かったのだ。

あたりを眺めると、すでに三分の一ほどは整地がすすんでいて、白い砂地になっている。残っている墓標には「南無阿弥陀仏」のほかに、「倶会一処」という文字があちこちに見られた。

「倶会一処」と書いて「クエイッショ」と読む。真宗の信仰では、命つきるとき人はみな阿弥陀仏の懐《ふところ》に抱かれて、浄土に迎えられるという。「一処」とは、ひとつの場所。もちろん浄土のことである。「倶会」は、共に浄土に往生し、先に逝《い》った人びとと再会するという意味だろう。

明治以来、どれくらいの日本人労働者がこの島にやってきて、どれほどの数が亡くなったのか、そのとき私は正確には知らなかった。ただ、砂浜を埋めつくす朽ちた墓標の数の多さに、茫然《ぼうぜん》と立ちすくんでいただけだ。

あとで明治元年（一八六八年）に移民としてやってきた人びとが「ガンネンも

の」と呼ばれていたことなどを知った。

ブルドーザーになぎ倒され、整地されていく墓地のイメージが、その後ながく私の頭に浮かんで消えなかった。

それから何年かたって、私の実弟が急逝した。いただいた弔電のなかに、

「倶会一処。トモニ浄土ニマミエン」

という短い言葉があった。

真宗では一般に「冥福《めいふく》」という言葉を使わないことが多い。人は死んで明るい浄土に生まれると信じるならば、あえて冥界《めいかい》での幸福を祈ることはないと考えるのだろう。

「つつしんでご冥福を祈ります」

というのは、一般的な哀悼の意をあらわす慣習的な表現だから、それをどうこう言う気は私にはない。それでもどこか引っかかる感じがあるのは事実である。

最近、人を送ることが急に多くなった。そういうとき、私は自然に心のなかで、

「倶会一処、トモニ浄土ニマミエン」

と、つぶやくようになっている。
マウイのあの墓標のあった砂浜は、いまはどんなリゾートになっているのだろうか。

あとがきにかえて

ここにおさめられたエッセイは、朝日新聞朝刊に連載した「みみずくの夜《ヨル》メール」を中心として、その他の雑誌に載《の》せた短い文章を一冊にまとめたものである。

エッセイと称するには、あまりにカジュアルな雑文だが、私は作家としてスタートした頃から、ひそかにその種の雑文を書くことを愛してきた。第一エッセイ集『風に吹かれて』以来、ずいぶん沢山の本も出してもらった。

ロシア語に「フェイエトン」という言葉があるそうだ。雑録、とか、雑文とか訳されるらしいが、私が書くものはエッセイというより、このフェイエトンという言いかたがぴったりくるように思う。

片々《へんぺん》たる文章の背後に、意外な本音が顔を出したりするので、作者としては時に照れくさい気分もある。これからも、こういったフェイエトンを大事に書きつづけていくつもりだ。

この本を手にとられた読者は、私からの個人的なメールのつもりで読んでいただきたいと思う。とりとめのない短い文章が、なんともいえないひどい時代に生きる皆さんがたの、ひとときの気晴らしにでもなればうれしいのだが。

この本を作るにあたってお世話になった皆さんの名前を列記して、心からお礼を申し上げたい。

加藤修、別宮ユリア、見城徹、石原正康、山口ミルコ、森下康樹の各氏、ADの三村淳氏、単行本装画の唐仁原教久氏、文庫本装画の村上豊氏、ありがとうございました。また、新聞、雑誌に掲載中も愛読してくださった読者のかたがたにも、もう一度お礼を申し上げます。

横浜にて　　五木寛之

この作品は二〇〇四年十一月小社より刊行された
『みみずくの日々好日』を改題したものです。

こころのサプリ

みみずくの夜《ヨル》メールII

五《いつ》木《き》寛《ひろ》之《ゆき》

平成20年9月20日　初版発行

発行者――見城徹
発行所――株式会社幻冬舎
〒151-0051東京都渋谷区千駄ヶ谷4-9-7
電話　03(5411)6222(営業)
　　　03(5411)6211(編集)
振替00120-8-767643

印刷・製本―中央精版印刷株式会社
装丁者――高橋雅之

万一、落丁乱丁のある場合は送料小社負担で
お取替致します。小社宛にお送り下さい。
定価はカバーに表示してあります。

幻冬舎文庫

ISBN978-4-344-41193-7　C0195　　い-5-15